流年何往

郝随穗 著

陕西新华出版
太白文艺出版社·西安

图书在版编目（CIP）数据

流年何往/郝随穗著. —西安：太白文艺出版社，2021.2（2025.1 重印）
ISBN 978-7-5513-1786-3

Ⅰ.①流… Ⅱ.①郝… Ⅲ.①诗集–中国–当代
Ⅳ.①I227

中国版本图书馆CIP数据核字（2019）第283515号

流年何往
LIUNIAN HE WANG

作　　者	郝随穗
责任编辑	姚亚丽　申亚妮
封面设计	张旭峰
出版发行	太白文艺出版社
经　　销	新华书店
印　　刷	天津旭丰源印刷有限公司
开　　本	787毫米×1092毫米　1/32
字　　数	151千字
印　　张	12.5
版　　次	2021年2月第1版
印　　次	2025年1月第3次印刷
书　　号	ISBN 978-7-5513-1786-3
定　　价	50.00元

版权所有　翻印必究
如有印装质量问题，可寄出版社印制部调换
联系电话：029-81206800
出版社地址：西安市曲江新区登高路1388号（邮编：710061）
营销中心电话：029-87277748　029-87217872

目录
Contents

第一辑　在大海中相逢

窗外的鲁院	3
想家	4
天气	5
胡同	6
绍兴会馆的鲁迅	7
鲁院的鸟	8
又一个地方	9
见到海棠花	10
二月兰的孔林	11
上课	12

这里就是我的远方	13
天上的母亲	14
听雨的鲁院	15
人世	16
靠东的北京	17
窗帘是一道飘动的墙	19
入梦来	20
那些远处的事和人还在路上	21
照在我身上的光	22
文学馆路上遇见大马车	23
陕北民歌	24
子长唢呐	25
思念	26
休息	27
赤水竹	28
天空上	29
听民乐	30
我在612静待时光杀尽	31
预告子长今晚有暴雨	33

走时，荷花正开	34
在大海中相逢	35
鲁院荷	37
致鲁院	38

第二辑　繁星在上

枣红了，你走了	41
困了	42
繁星在上	43
手心的远方	44
农历九月二十五日	45
乡下飞机	46
一样的	48
路过长安街	49
故乡，是风中的白发	50
空号	54
其实，你我就是相互的远方	56
把时光腾空	57
唐朝在此	59

儿远行	60
与我有关——致三沙	62
隔着	64
这个礼拜下了两场雪	66
迎新年	67
跨年	69
山岗上看天空	70
盛开的天空	71
正月	73
想见一些人	75
夜	76
今日立春	77
雪地	79
雪落座	81
有时候想回到我的古代	82
血是所有事物的肤色	84
小村	86
住在高山顶	87
面包车	90

时光中的铜音	91
民歌落下	92
陕北无茶，我将饮尽南山	93
蓝	98
致天空	102
故乡	103

第三辑 野桃花是大地盛开的修辞

母亲是炊烟	107
倾诉者	109
散开	111
正午，你我都是火焰	113
神	115
我只在心里想你	116
娘	118
野桃花是大地盛开的修辞	120
花正谢	121
只要过了黑山寺隧道，就好像回到我的古代	122
黄河在上	124

延安	128
母亲的远方	129
轻下来	131
越来越轻	132
大姐来了	134
钟山石窟的石门槛	138
偏僻	140
洪流	142
土	144
水	145
木	146
巡山	148
很空	150
回到老家，山花又开	152
安静	153
暗处	154
火	156
午休	158
大卡车路过乡间道路	160

山花开在河流之上	162
家谱	164
阿拉善的三百年	168
位置	171
水纹	172
金	174
子长看到的晨雾不是雾霾	175

第四辑　时光在此

我用黑夜膜拜高空	179
散开的天水	180
秋天的火车	186
联想	187
漫长	189
延缓	190
老窑洞	191
高铁时光	194
人群中有你就好	195
你的黑夜正是我的光明	196

收回远方	198
窗外何时	199
十月一送寒衣	200
寄生	202
开阔的雪	204
雪上座	206
时光在此	208
盛开	209
瓦窑堡胡同	210
KTV	211
身体	213
2018	214
无知	215
尘世上,你我只是一片雪	217
骗子	218
只有你	219
诗词里的开封	221
郝家坪	223
风	226

母亲的窗花	227
月亮上住着一匹马	228
黑白冷却	230
庄子	232
允许你的苍老在空荡时光里深沉	233
月光化雪,我在人间仰望你的消息	235
前面的山,别挡我	237
过年	239
街道	240
向阳花	242
海	243
关灯	244
本能	246

第五辑　上午是通往故乡的另一条路径

陕北	249
正月十六	251
嘉绒烟火	252
一盏挂起来的灯是高高挂着的孤独	254

二月二望天	256
黑夜的碎片是对你最好的颂词	258
春天的旧井架	259
石头醒来	260
我的诗歌生长在你的烟火中	261
火焰的去向	263
手持春风　北方归来	264
看见时光	265
火车路过	267
杜甫羌村旧居	269
秦直道	271
山里	273
母亲节	274
母亲词汇	275
抬眼相望，你就是海	276
飞机飞得有多高，人间就有多高	279
重口音	281
十年前后	282
人模人样	284

黄龙溪男孩	285
回去	286
老家庙会	287
附属	288
到了秋天,大地就空旷了很多	289
燃烧的洪水	291
秦腔	292
平顶山有一片固执的海	293
流年何往	295
少林寺	296
在平顶山石榴园	297
海之南的波涛扶起我的注目	298
我是母亲的回声	303
白马寺	304
胡杨,是沙漠留下的遗言	305
胡杨	306
菊花开,菊花上山坡	307
阳关	310
王道士的莫高窟	311

镜子里的秋天	312
不想说	313
今夜读书,每一个汉字如同雪花盛开在书页上	314
上午是通往故乡的另一条路径	315
在北京,每天清晨被喜鹊叫醒	316
天空太大,众神孤独	317
黑夜,持平	318
时间炎症	319
枯萎	320
下雪天不冷	321
春天颂词	322
己亥年正月初一	323
雪自杀	324
万家灯火时,你是哪一盏	325
生命里种下死亡的石头	326

第六辑　风是黑夜的领路者

风是黑夜的领路者	329
所有的盛开找不到芬芳	330

在春天回来的人	331
黄山	332
清明后的婺源	333
空中的飞机是孤独的另一个高度	334
名字	335
孤独	336
槐花开	337
早上起来,看见树	338
石油时光	339
体内	345
端午节替父亲请客	346
白枝花顺着山路开到油井场	348
书法	349
寨二井	350
英雄	351
一窝又一窝的燕子	353
水,是一样的水	354
我有欢颜	356
黄土是什么	357

天空那么蓝,白云去哪儿了	358
喜鹊有群山一片	359
陌生	360
石油事物	361
海浪打不湿我的影子	366
老龙头	367
海风是夜间出门在外的大海	368
喂鸟	369
写母亲	370
沉入大海的石头上写着人间的故事	371
石头	372
油井场	373
致母亲	374
祖国	375
白天的白让我看到更多的黑	376
捆绑	378
后记——致万物	379

第一辑

在**大海**中相逢

窗外的鲁院

一团白玉兰的光穿过玻璃
清晨的鸟叫提醒熟睡的我
窗外有好时光

我用固执的方言问候鲁院
出口的那些敬意可能略显粗糙
这是我的习惯,每一句话的后劲
都是陕北的五谷杂粮

阳光格外明媚
这个春天,所有的玻璃消除隔阂
人与人之间,事与事之间
正在握手问好
每一句来自天南地北的方言
都盛开在玉兰树上

2016 年 3 月 21 日

想家

我在外地,入眠在白玉兰的芬芳里
悄无声息的夜渐渐把远方与远方拉近
今夜,我再次回到家里
妻子催我起床吃饭,我赖着不起
儿子在客厅喊着让我快起来吃饭
我假装没听见
女儿跑过来趴在我耳朵上说:
爸爸,起来吃饭啰
我起来了。我被他们吵醒
我的周围是他们催我吃饭的余音

淡淡的玉兰香味里
我却没有闻到早餐的饭菜味
我是不是想家了?

2016年3月21日

天气

真实的天气具有讽刺意味,面对
昨天某一个电视台的预言
今天,雾霾替代了晴日

我把雾霾当作阴天,等雨
等到下午的时候
老家来了电话
说是老家的春雨
下了一天一夜

这里的天气被阻隔在春天的明媚之外
有山桃花开在雾霾的缝隙里
那个很久的旧园子里
有一大片山桃花开了

2016 年 3 月 22 日

胡同

很多王朝的秘史和民间的传说
在拐来拐去的巷子里尘烟升起

三万尺之上,还是当年明月
帝王庶民错过今日繁华
三万尺之下,天空压低
攒动的人流拥挤在天尽头

围墙隔不开市井,一串冰糖葫芦
唤醒古代
胡同里来来回回往返的叫卖声
被湮没在万丈烟尘里

2016 年 3 月 22 日

绍兴会馆的鲁迅

1912年的春夏间
从江南北上,北平的一条胡同里
你留着小胡子入住
出门左看,就是要命的菜市口
你,目睹人头纷纷落地

那间隐没在拐了两个弯的街角老房子里
深夜亮起了灯芯
一闪一闪的灯火处
复活的孔乙己
焚烧不尽发疯的《狂人日记》
许多不值一提的小人物和小事情
你都写在菜市口
脚步和车轮轧过去
这里的陈年旧事就喊疼

2016年3月30日

鲁院的鸟

有三只喜鹊来自我的故乡
它们的乡音往返在傍晚和清晨
还有一些叫不出名字的花色的鸟
大大小小有十来只
它们晚上一旦入梦,第二天
就会盛开在院子里的梅花枝头和玉兰树上

这里的林子不大
阳光不留死角地占据每一处春眠

2016 年 3 月 31 日

又一个地方

白天和黑夜互换,中间
是一道空荡荡的留白
远方和故乡互换,中间
是一个不停张望的人

这里的春天先到一步
这个地方一夜间盛开所有的春花
游离的芬芳中谁能分辨出一丝熟悉的味道
让它翻过千山万水来到我跟前

2016 年 4 月 6 日

见到海棠花

北京的春天是远方的春天
这来自与母亲意外的一次邂逅
我在北京见到海棠树的花儿纷纷绽放

我在树下仰望,一些花瓣
在无风的空间愿意轻轻落下
它一遍遍亲过我的脸,如此
熟悉的热度原来是母亲的吻

请让远方回家,因为
海棠是母亲的名字

2016 年 4 月 10 日

二月兰的孔林

对于这样的蓝,和蓝的气息
我只能默认这里的一切并没有错过花期
恰恰是花期错过二月

有很多孔姓的人熟睡在蓝中
他们的呼吸,要不隆起一个土包
要不就竖起一块刻着字的大理石

这时,二月兰盛开在时空之中
一片林子里默默地走过
一群又一群孔姓之外的人

2016 年 4 月 16 日

上课

早上,8:45,上课预备铃响
9:00,上课铃正式响
没有课本的教室里装下一个没有围墙的世界
老师在前面走,我们跟在后面
三个小时的课程足以回到古代
人类从古至今的进程
在我们的眼皮底下走过

这是一节文学人类学的课
11:30,叶舒宪教授走下讲台
下课了,走出教室
北京的天是被春风洗过的蓝
这片蓝一定是古代遗失的色彩

2016 年 4 月 26 日

这里就是我的远方

春夏之交,黑夜的缝隙里
开出白色的花。这是我的农事
来自家乡的槐香趁着夜色
逗留在北京的一隅
我止步于这个黎明
在熟悉的农忙中回望故乡

那些跟在身后的群山止步于此
我穿过苍茫之处,前方
是一个村庄的前世
村庄里正是农历四月天
那些陈旧的农事里
满是槐花盛开,槐香
敞开,让夜色羞于黑暗
让城市与乡村在黎明的花香中出浴
我的远方止步于此

2016年5月6日

天上的母亲

三十年河东三十年河西
三十多年了,我的母亲
不在河东,也不在河西
她在白云生处,在天上

人世上,你不在,大地
无法平衡,那些失重的山峦
一直荒芜到我的内心
杂草中反复长出母亲的五谷
都是来自天上的种子

2016 年 5 月 8 日

听雨的鲁院

打开一扇窗,让
雷电和风雨统统进来
我出游的路径转向,此刻
也回来吧

雨声覆盖下的院子四处扩散
院子里有一百扇窗户相继打开,让
这世上的这一个晚上的全部黑暗
进来吧

瞬间的光,像刀,捅破风雨
捅破黑暗。瞬间的光
在转身的路上高悬,或
低俯。我在夜色深处
窗户里不断涌进的风雨中
总有一道闪电夹杂其中

2016 年 5 月 12 日

人世

草在远方的另一端,水
就会在身体的温度里泛起烟火味
你看万物飞翔,窗户打开
这里是人间,每一个人
值得留宿的地方

那些流经民谣深处的事物
一次次收回远方的白云
这里是一个只允许生者往返的地方
这里其实也是人世上
值得亡者长眠的地方

我和你的脚下都是人世
不管相隔多远,都暗藏生机

2016 年 5 月 14 日

靠东的北京

我在窑洞的正北方向,触摸星斗
那些上路的夜晚就不会迷失

我在虚拟的陕北翘望山外
我的心跳,就会起伏着每一座山头
等到春风入梦,等到一个真相走在路上
北京的方向最终敲定在芍药居文学馆院内

这里住着鲁迅、朱自清、叶圣陶等十几个人
他们很早就来到北京,占据这个向东的方位
直到现在,他们搬来搬去,从没有离开北京
却住进了我的日记本

关于北京的很多事情,都在四合院里发酵
我感兴趣的也是一个院子
这个院子是鲁迅文学院
这个院子里看到的都是

我一页一页翻不完的日记
和我的北京

2016 年 5 月 15 日

窗帘是一道飘动的墙

到现在,我不用拉住窗帘遮挡黑夜
第 6 层 12 号房间靠西的位置
窗帘挂在黑夜向西的广阔中
如果是风,就让这夜色浓缩在窗帘上
向远方发出这个房间的弱光

我在房间里的一个角落向南而坐
面壁的白墙碰伤了我的目光
这残留的弱光已经突围在窗帘的飘动中
这一道墙啊,这一道拦住我的野性奔跑的黑

2016 年 5 月 15 日

入梦来

我想浪费一些白晃晃像白银一样的白天
黑夜与你一起来临的时候，我
在另一个红尘中等候在黎明的路口

你带我游走另一个夜晚
我摸到你鼓鼓的乳房时
你挺起所有，喂养我落难的黑夜
等到天大亮，你又去了哪儿？
封不住路口的黎明
散落成碎银，遍地都是不值钱的白光

2016 年 5 月 17 日

那些远处的事和人还在路上

以黑夜为分界
北方和南方一个在大河之上
另一个在大河之下
如果远处的人和远处的天空没有被尘埃覆盖
会有一些事低垂目光,在天空的背部
触及黑夜的界限,让大河滚滚而来
我有足够的理由站在黎明的十字路口
目睹南来北往的忙碌和烟尘

我只期待一个人一件事出现在我的黎明
这样,我就不会左顾右盼
我就能让远处的那个人和那件事
抵达我的河流

2016 年 5 月 24 日

照在我身上的光

临近黄昏的时候,剩余的阳光
要在沉没之前来到612的窗户前
这时,我的灵魂正挂在窗口
风吹过,前面的楼群和楼下的草坪
纷纷背过身,留下所有的光
搁浅在我的窗台上

我的灵魂邀请我一起晒太阳
我把衣服摊开,把头发摊开
我把我的四肢摊开,把每一个细胞摊开
我让我的灵魂能完整地居住在我的体内
我怕它一直挂在体外会受凉

2016年5月24日

文学馆路上遇见大马车

5月24日黄昏，或者傍晚
芍药居，文学馆路45号门前的十字街
靠北的路边，一辆大马车从旧时光中来到这里停下
车上装着简单的水果，水果的中间放着一个电子秤

电子秤的空盘子里装满多种眼神落下的分量
深浅不一的目光有的像咒语，有的像祝福
也有的什么也不像，就是
一个没有被命名的眼神

那个年老的男人站在跟前
目扫前后左右四条大街
与每一双过往的眼睛碰撞
试图在这个地方找到与整个世界和解的理由

那匹马，本来是白色的马
被人看得多了就害羞
现在，它浑身都是羞怯后的枣红

2016年5月24日

陕北民歌

这些与光阴无关,却与光景和爱
以及人世上的苦情有关的歌
只要一开口,所有的大山就是它的歌词

黄土注定要变成大风
吹到最高的天上,天上的
阳光纷纷落下
吹到河流的背面,水被吹散
吹疼光阴的时候,这些山和风
滚落在祖先和我中间
溅起的土尘啊,就是
日月光景和爱恨情仇

2016 年 5 月 26 日

子长唢呐

子长,是一个北方的地名
这个北方的音色被打上唢呐的胎记
这里的山和河,与这铜质的声音
重叠着一万丈高的重逢
它们每一天都会互道珍重

作为灵魂的响动,那旋律
一直处于敏感地带的苦乐之中
以铜质的声音扩散出金色的荒凉
长在天空上的旋律,身披
成熟的时光——万里纵横
在所有的土壤里种下乡音

2016 年 5 月 27 日

思念

给你的黑夜留一个出口
黎明就会在此静静守候
我在黑夜,伸出手
就能为你接住黎明的第一缕光
从此,一万座山头
跟在你的身后
我在黎明的曙光里,开始
梳理你的长发,直到
一万条河流从天边赶来
那就是时光都关不住的曙光

2016年6月3日

休息

凌晨 3：35，我的房子
早已休息，而我还在醒着
我怕我的浮躁吵醒房子
我假装睡着，闭上眼睛
更多更远的事情纷纷塞进眼睛内部
这一片喧闹
却发生在我的房子里

这时，我打开日记本
寻找落地的那一根黑发
这黑发上堆积着我多余的目光

2016 年 6 月 21 日

赤水竹

第四次渡赤水的时候
两岸群山的竹子全部挺立
有一座索桥,摇摇晃晃的桥面上
有一个名叫长征的动词生动地冲过去
正被桥下急流的水和山上挺拔的毛竹形容

我知道,我会慢慢忘记这里的古镇
和瀑布,以及竹子以外的一切
我只允许这里的竹子
从此在我的体内蹿高

我发现,我却没有忘记至今粘贴在水面上
和古镇石板街,以及细雨中的
那抹泛着旧时光的红
原来那是红军的魂

2016 年 6 月 21 日

天空上

我想在天空上种一片麦子
我让一些光阴挂在麦芒的微光里
让每一粒麦子收尽古代的白云
让这白云铺垫成天空的底色
我让这天空的蓝和麦子的金黄
一起跟白云放牧

我想在天空上邀请一些故人叙旧
你看,吉祥的蓝和白和金黄
已经命令我们开始喝酒
如果有酒,你们都可以喝醉
我不能,我要看护这片天空

2016 年 6 月 21 日

听民乐

圆形的大厅里
一排又一排椅子排到高处
高处是被灯光遮盖的顶棚
我坐在第五排的中间
距离舞台很近

这些原本生长在土壤里的曲儿
被移栽到灯光中
曲调优美,从二胡和琵琶的弦上滑落
一场人间烟火烧得正旺

在北京,在这个音乐大厅
我想回到老家的话
逼我讲出不能准确表达心意的话
一句出去,偏离乡愁和心情

2016 年 6 月 29 日

我在612静待时光杀尽

四个月仅剩十二天,鲁院
我哪里也不想去
只想待在我的612寝室里

每一秒都有响动
都是时光之刀呼呼的冷光逼来
我哪里也不去,等你一刀刀把我杀掉

我爱着这里的春天,玉兰花开了
我是其中一朵
我曾被风吹散,一片花瓣
落在时光的背面
直到腐朽,也要深埋在鲁院的池塘旁

如今盛夏,我的树茂盛成乡愁啊
我在这不言不语的乡愁中发呆
如果7月16号我离开

这里的乡愁就会长成满校园的大树

我怕每一秒成为空白
我就哪里也不去，静静地
待在我的612，即使寒刀逼近
我愿意迎难而上

2016年7月3日

预告子长今晚有暴雨

南方暴雨没停
有人死亡有人失踪
十几亿人的心脏靠拢
无法堵住一次次决堤

我在北京,我的电脑主页上天气预报
已经设置为子长
那是陕北,它不在南方,也不在北京
预告今晚子长有特大暴雨
2002年的"7·4"洪灾
我在北京为子长守夜

2016年7月10日

走时,荷花正开

16号一大早,北京
鲁迅文学院的清晨如同往日
多种鸟儿的叫声多了一些北方以北的催促
我已经走过池塘边,不忍转身

那一池荷花伸长脖子看我
我的后背被你的目光烫伤
哦,用什么给你留下我的一部分
陪你盛开

这一池荷,我交给时光
时光不老
你注定就会盛开

2016年7月10日

在大海中相逢

一条河,它走在光阴之前
它没转身,不是它不转身
不是它不想回来

被留在陈年的光阴渐渐安静
只要记得陈年的你
那个被命名为玉兰花的春天
就会被河流捎上

四个月一百二十天足以装下一切
包括一个又一个的你
包括一天又一天的流动

说声再见,你知道
前后左右都是无法挥别的你
这一别,四海无垠
每一个方位都以你为风向

我们是分布在大地上的河
有一天
会重新相逢在大海之中

2016 年 7 月 10 日

鲁院荷

我走前,你一边开一边谢
同时让那些鱼儿跟我话别
我走后,你的水和鱼,你的枝和叶
是不是还在原位?

为什么推开门看不到你?
为什么你的花骨朵上睁开密密的眼睛?

2016 年 8 月 16 日

致鲁院

离开时,你的荷花次第而开
一朵又一朵送我回家
这挂在时光中的雨丝,如同
我的疼,一遍又一遍淋湿日记
日记里已经写满你的春天

我把自己孤独分成三份
一份留在北京,一份留在陕北
一份往返在陕北和北京的路上
今夜,一盏灯下,我在陕北
我也在鲁院的612寝室
剩下的一份住进灯光
荷花就会开满整个夜晚

2016年8月25日

第二辑

繁星在上

枣红了,你走了

我打开你的正午
让你的影子走进来
我知道我再也回不到你跟前
我只好收藏你的影子
我只好住进你的轮廓
让秋风吹不到我的脆弱

母亲,枣红了,你真的走了吗?
这个秋天的红枣等你来摘
如果你不来,我就留下你的正午
直到你来了,把你的正午交给你

2016 年 9 月 3 日

困了

空气很厚,比墙都厚
风也很厚。时光被抹开
没有缝隙的时光密封了空气和风声

我不知道自己在哪里
我的足迹无法放任
这些深藏在时光转身中的人和事
究竟要去哪里?
我找不到被深埋的呼吸
而我,又在哪里?

2016 年 9 月 19 日

繁星在上

此刻,乡下属于天空的一部分
那么多星星回来了
聚集在天空中发出黄金般的声音

找不到边界的天空
今夜腾开一切。让白云和太阳离开
让风和鸟离开
请回一群又一群的星星
让它们在空中相逢,叙旧

繁星在上
我在下
乡村的夜色升到天上
有一颗发出乡音的星星
就是我的故乡

2016 年 9 月 22 日

手心的远方

触及失效之时
掌纹上有一个远方被束缚
蜘蛛结网的事情终于深入掌心
掌心的远方被一一分割

有一些远方逃出手心
零散的脚步如同沉下去的尘埃
我知道那是我的一部分
轻轻触摸,就能摸到那些熟悉的名字

2016 年 9 月 24 日

农历九月二十五日

往年今日,陕北有雪
今日只是雨上山坡

我也在老,请来秋风
秋风送雨,送上山坡
我正在老去
随风随雨走在坡上
坡上好地方啊
我的父母住在那里

昨晚有梦,梦见两个人
他们在说话
他们问我冷不冷

天亮了,窗外是雨
点点滴滴洒下天空的话语

2016 年 10 月 25 日

乡下飞机

乡下的天空很大
一万座大山之上,天的高度
无法抵达时光的高处

乡下的天很高,不像城市的天
零散地洒在楼群的缝隙里

有一架拖着白尾巴的飞机
在天空中慢悠悠地滑过
没有杂念的蓝,成为乡村
高度的色彩,这架如同纸飞机
一样的飞行器
在蓝天中不知道要飞到哪里去

飞机上不知道坐多少人
不知道他们什么时候能够着陆

我知道的是,飞机和坐飞机的人
此刻很孤独
他们的孤独被沉入无限的蓝天中

        2016 年 11 月 4 日

一样的

生命是一样的
因为,都会疼
钱包鼓起来
肚皮撑起来
穷富饥饱是一样的

在大冬天,你花一万元钱
也买不到一缕春风
在大热天,你即使欠下一万元债
也换不来一片雪花

都是一样的
相互之间的差异就那么几十年
几十年之后
完全就一样了
不分男女,不分老少
素菜荤菜烧酒啤酒都不是大伙喜爱的酒菜了

2016年11月6日

路过长安街

国家大剧院的夜
华灯初上,在长安大街
交响乐搁置在半圆的椅子上
那个披发的外国男人是个大提琴手
厚厚的音,如水,覆没了夜的黑
大剧院西门向右,正是长安街
门里门外,都是明亮的灯光

2016 年 11 月 9 日

故乡,是风中的白发

一

你看到的远方
其实是挂在月亮上的
那片云彩
云彩上落下厚厚的霜
霜是炊烟的归处
如果思乡
那会是故乡的白发
挂得再高
也能触手可及

二

我的远处在你的近处
你的近处却是我
无法抵达的远方
五公里路的距离
间隔着十多个类似的村庄

而没有一个村庄能像你

我的故乡
你所拥有的恰恰是其他村庄没有的
而你的近处
是我这么多年的远处

三
我想着你
一夜间白发长出
一个个黑夜里
我的白发照亮黑夜
黑夜是回乡的时候
而我的每一次抵达
只要走到黎明的路口
就会转身
转身之后的故乡里
我的白发飘在风中
而我
却被留在黑夜

四
如果我能归来
你就不是我的故乡
你是我的家啊
家里的炊烟又要升起我的漂泊

可是，我无法回来
仅仅五公里的路上
布满了回家的障碍
汽车、玉米地、河流、阳光
都是阻碍我回去的障碍物
一旦我被碰触
我的乡愁就会破碎

五
我把一夜白发割下
交给风
我的一双眼睛望穿
目光所及之处
白发飘在你的旧时光中

如果有雪
那一定是故乡的隆冬
等到村庄银装素裹
我的白发轻轻落下
在你的雪中
长出无数根思乡的忧愁

      2016 年 11 月 9 日

空号

十月初九,再次拨打
一个十一位数的电话
还是那个不紧不慢的女声
您拨打的号码是空号

号码空了,这座大山没空
山上有落了叶子的槐树
有一片荒草,被风吹散在
立冬的节气里
今日立冬,山上风大
那个号码空了,风
吹散的时光
洒落在这一天的界限之外

我不打电话了。我直接
来到十月初九的树下和山上
把那些陈年的问候一一挂在槐树上

让这个空号装满冬天的预言
从明天开始，让这里发生的一切
——验证我对你的思念

今日立冬，祝你冬暖

            2016 年 11 月 11 日

其实,你我就是相互的远方

我和你面对面站着
说上三天三夜的话
说到一场大雪纷飞
说到你我白首

不知什么时候你已转身
我还在说,对你的背影说
对你走过的路说
对一场大雪说
说到整个世界白茫茫

其实,你我都是相互的远方
要说的话很多很多
只要开口,漫天的大雪
就会苍茫了眼前的你
也会模糊了你跟前的我

2016 年 11 月 20 日

把时光腾空

屋子里的水红花
开在无水的白色花盆里
土壤里挤出旧时光的水分
如同眼泪,挂在花瓣上
空虚的时光低下头颅
那些芬芳开始腐朽

花儿越来越远,花盆里
剩下那些曾经拥挤过的
时光遗失物
照样腐朽在空荡荡的地面上
地面上,零散的花瓣
一片又一片地失忆在
自己的姓氏中

那是过去的时光里的花
如今,腾空的屋子里

腐朽也不会长久
回到很久以前
屋子里什么也没有
包括水红花

        2016 年 11 月 24 日

唐朝在此

脚下的水泥封住古代的月光
月光上落下唐朝的马蹄
马蹄穿过大唐西市的车流时
丝绸、羊肉泡、秦腔等
——骑上马背,飞奔在水泥的远处

我转身,与一场大雪相逢长安
从唐朝的月光中纷纷落下的雪片
遍地开花,水泥中沉下去的月光
骑在马背上,在大雪中奔跑
然后腾空而起,在天空中
命令所有的雪花
回到唐朝

2016 年 11 月 26 日

儿远行

雪花飘出家门
一千里路上风过花开
你的脚下，你的远处
是不是春暖花开？

异乡路远，山水生疏
那我就带一些山河
一步步跟着你
当你转身，就是家门口

天空一定是蓝的
草一定是绿的
城市里一定有乡音
大山上一定有五谷
这是我的远方
却是你的近处

你的世界我不懂
我只是知道
你的世界里
不会山穷
不会水尽

2016 年 11 月 28 日

与我有关——致三沙

一

这是被一万座大山
和一万条河流,以及森林大海
隔开的远方
它叫三沙,它在时光的近处
它用水和时光修路
让有着中华姓氏的所有远方
在这条路上来来往往

二

我有一万座大山的梦
一万条河流向南而去
小岛点灯,无限的海面上
每一条河流有了归宿
这么多的梦啊纷纷打开
海滩上、椰树上、飞鸟的
翅膀上,以及蓝色的空气里

盛开着我的言辞

三
时光在最南端的岛上
种下蓝，蓝到每一处空白
蓝透与我有关的那些日子

四
时光放马，你在远处
一万年追你
蓝色的马蹄声溅起蓝色的时光
你不用回头
蓝色的岛屿上
有一轮明月升起
你的名字挂在天空
我是你名字的其中一画

2016 年 12 月 15 日

隔着

天空和大地隔着一层时光
时光上浮着天空的蓝
大地隆起,时光渐渐入眠于
曲线玲珑的山体

我和你隔着玻璃
大雪可以挂在你的脸上
可以落满你的双肩
可是,大雪只在玻璃做的舞台飞舞
我是观众,坐在最后一排

人与人之间隔着千山万水
熟悉的人在山上,陌生的人
在水边
时光苏醒,你我苏醒
山水苏醒

人与人之间隔着你我
无法辨识的陌生

2016 年 12 月 24 日

这个礼拜下了两场雪

平常的日子不会下雪
到了冬天,雪要择日
要不在我的苦中,要不
在我欢乐即将到来的时候

这个星期的两场雪
分别是星期二和星期天
第一场雪很苦,白的雪片
落在玻璃外面
它们是我无法摸到的诗句
第二场雪现在正下
女儿的电脑里下载了很多《动物世界》
雪下着下着就下到《动物世界》里
老虎、狮子、羚羊、大象和我
都喜欢这场雪。在雪中,动物之间
没有弱肉强食,大家都喜欢吃雪
吃了雪,所有的伤口都会被雪花愈合

2016年12月25日

迎新年

一个人的房子
住下满屋子的清冷
早晨七点,天没亮
房子里的白床单落下
大街上霓虹灯的彩色
2016 年的最后一天
从这个房子里渐渐走远

我是此刻的主人
我躺下,坐起,走来走去
我的时光里排满陌生的道具
那些刺眼的白床单和白椅子
以及不锈钢的吊瓶架等
与我警惕地保持距离
我想砸碎这些道具
突然间,我发现
其实,我是这间 2002 房的道具

过了午夜,就是2017年了
看上去一切都会是老样子
比如门窗外面的江山
比如江山掩不住的时光
比如我和我的道具

新年马上来了,新年好啊
新年要新,要有新气象
那些老样子努力换新颜吧

2016年12月31日

跨年

别让那场落雪消融
因为春天还没来
哪怕留下一片残雪
等春风的到来

我在新旧时光的夹缝里
玻璃隔开爆竹和烟花
隔开中心街的车流和灯光
等春风入屋,等大雪化雨

繁华拥挤的背面,我被整个
世界排挤到玻璃背光的午夜
在这里,等到新年涌进
等春暖花开

2017年1月1日

山岗上看天空

如果可以,让云彩退去
别挡住山岗的视线
天空没有多余的辽阔,你
回到时光之外的边缘
命令所有的风放弃自己的名字
多一种叫法,风的形状就会
变得无法预料。天空
就会多一些拥挤

我想让你的疆域无限到未知的空中
如果允许我来安排
我让你的黑夜变成透明的蓝
让你的星星和月亮,和
午夜来临的暴风雨
统统以蓝天的名义发光

2017 年 1 月 15 日

盛开的天空

我看到的是陕北数九天的腊月十九日
我看到这一天下午的天空不再空空荡荡
那些拥挤的白色话语在天空中竞相绽放
每一片雪花,都是舞蹈者的脚步
这些交叉着的话语
在农历的光阴中,谈论当年农事

我把视线放任在想象之外
天空中的事物不再是一场盛开的雪花
有春天和秋天,有水和月光
有风暴,有大海的惊涛骇浪
那些被天空邀请到一定高度的事物
必将在天空中盛开自己的心事
比如陕北腊月天的年茶饭
比如其他地方的一场风花雪月

天空没有多余的空荡

包括那些轻浮的云
它也有心事，会开出洁白的花
或者彩色的朝霞和晚霞

2017年1月18日

正月

旧时光跨年后
日子里装满的不再是旧了的时光
新日子是从一个午夜出发
这个午夜的起点叫正月
正月是农历中重复的一个名字
每重复一次，所有的人
就会渐渐走出镜子
镜子里装着全部的生活
生活是丰富的
走出镜子一步，生活
就会被抽走一件东西

北方的正月更注重一场雪的存在
即使一场米粒般大的小雪，也能
覆盖住一万座大山
而这面白色的镜子装下一场风月
不相宜的风月停在正月

正月是一面白色的镜子
镜子里装下的新时光统统发白

这些看上去简单的颜色，或者
单纯的颜色后面
是生活的真相，真相的后面
是一年又一年被旧时光和新时光
带走的家什。一年少一件
正月就会荒芜，就会
统统发白，白到镜子不认识自己
白到镜子的里里外外都是一场雪
正月，只等春风拂来

2017 年 1 月 30 日

想见一些人

老旧的人和新生的人都会让我好奇
他们的皮肤和头发有什么不同
重要的是,他们的眼神里
究竟掩藏着多浓的烟火味

想见到他们是容易的
黑夜过去的黎明睁开眼
这些人就站到我跟前
有的人吃香喝辣
有的人急急忙忙一闪而过

所有的人都有事干
所有的眼睛里都装满我的好奇

甚至那条哈巴狗
那条金鱼,那个在天空中翻跟头的猴子
那些慢悠悠地爬行在春风里的小黑虫
都是我眼睛里的忧郁

2017年2月1日

夜

用水
洗净眼前的这片夜色
用一片留在天空上的时光
过滤这片留在眼前的夜色
用我的手
攥紧这些无名的风
让天空和大地,让夜色
让我的时光重新出发
让这夜色如风
化作一场春雨
让万物,在眼前
重归春天

2017 年 2 月 2 日

今日立春

农历为今天的日子命名
正月初七,这个叫立春的日子
多了一些水分和光

这本是一个平常的日子
因为一个名字和时令的重叠
夹层间是尘世的万丈红尘
有人有事有灰烬里冒出的青草尖
在立春之日,在农事中,在
昨夜爆竹声中,一切沉睡的
事物开始复苏大地的心事,和
天空更广阔的理想

时光的这一头是春光
春天来了吗?春光在
某一个北方的山脚下度过?
春天真的来了,在一夜烟花之后

撤销隆冬所有的雪花

我和春天已经在黎明之前
站在楼下,山岗,河边
我和春天站在时光中央

2017年2月3日

雪地

一群人白了,一些
房子和一些村子白了
这条路也白了
水井口白了一圈,像眼睛
望着漫天雪花纷纷落下
望着望着,就白了天空
和大地

大地的白,白到远处和高处
远处和高处的时光也许不是白
那是一段被抽空的地带
之前搁置的那些风和花,那些
云和雨的故事以及分手
被这一场落雪轻轻盖住

雪地很大啊,大到
村庄的农事之中

父亲说,今年雪小
小雪也能让大地延伸到天上

2017年2月7日

雪落座

今日大雪
时光纷纷落下
我的马群飞向天空
天空盛开
万马奔腾

今日风雪
等你等到天地白首
等到我的白马
守住一万个路口
而你还是没来
我让雪落座

2017 年 2 月 21 日

有时候想回到我的古代

山峰上站着鹰
它的眼中很早就消失了刀和剑
这是放马南山的古代
山花和阳光,流水和清风
分布在大地和天空的每一寸光阴中
南山的马群没有奔腾
它们在草地上慢悠悠地走着
顺便吃着草,顺便将马蹄声
传到鹰的视野之中

拥有整个蓝天的鹰
站在古代的时光之中
目睹蓝天下的南山与马群
目睹马蹄轻拂过的山花
目睹安卧在蓝天的每一块石头
渐渐化成云朵
目睹这些云朵渐渐变白

在古代的远路上归来

鹰的视野盛满天空
当古代的天空蓝到
辽阔的大地都无法装得下
我在大地上留守古代
我会选择一个没有炙热的正午
骑上马匹，带上朋友
在鹰的视野中做一个
和平年代的英雄

我是英雄，在我的古代
将那些刚好能晒暖容颜的阳光
将那些春风吹又生的青草
将那些清澈见底的溪水
和白云、清风、蓝天统统
安放在我的马背上

2017年2月24日

血是所有事物的肤色

你看到的血是红色的
红颜色的血是一万件事的肤色
掩藏在内部的血是火
燃烧的火是动力,推动
一些事向前,一些事向后
向前的事
是接手阳光的初春
向后的事,是黑暗中
一落千丈的零度时光

血是内部的火啊,一直在
燃烧。燃烧的火,在前后之间
横立,一边在冷却,一边在沸腾
一边在熄灭,一边在复燃

鹰的血是红色的,虫子的血
是红色的。我和植物的血

是红色的，大海与天空的血
是红色的。钢铁和时光的血
是热的，是红的，是坚硬的

到了秋天
不是所有的事情都会来
而所有的肤色都是流动的血色
事物在多事之秋的秘密
其实都是这种肤色内在的
暗流涌动在大地上的红

2017 年 2 月 25 日

小村

再长的夜
也有星云和月光
我的村庄很小
夜色很厚时
背靠的山上和
门对面的山上
我的爷爷奶奶和
我的父亲母亲
分别长眠在更长更厚的夜色中

每一个黑夜的末端
小村早早就醒来
黎明的炊烟也会早醒
它连接起曙光里的秘密
告诉村里活着的人
我们都是拥有光明的人

2017 年 2 月 28 日

住在高山顶

门对面最高的山叫圆头峁
圆头峁山是十里八乡最高的山
山上没有庙,没有神仙
山上住着一群亡者和孤魂野鬼
我的爷爷住在那里
那里就是最好的人间

清明节不会轻易地下雨
偶尔有雨,那也是奶奶望过来的泪水
泪水落下
山上的草发青,山下的河破冰
如果有几只燕子飞过
那注定是人间最好的春天

我在梦中把一座房子
修建在山顶上
我住下的时候下起了大雪

我打开窗户,让雪花进来
雪花落下,我的书页纷纷掀开
那些汉字一个个走出白纸
分布在山顶
如果天空迎来黑夜
那就是最美的星星闪烁在故乡

住在山顶,大雪过后就是春天
我喜欢闻得见暖意的阳光
如同我的被子,在太阳下晒过

春天来了就不会走
因为山顶连着天上的神仙
神仙会帮忙
神仙只爱两个季节
一个是下雪的冬天
一个是有春风的春天
要不我的爷爷奶奶为什么住在那里
再也没有离开

住在山顶上,我的房子长满沧桑
故人的目光每看一眼
都会让沧桑厚一点
厚厚的沧桑就是我的墙壁
春天来了,墙壁上开出苔藓的花
也叫念想
如果他们复活
这里就是最繁华的人间

2017 年 2 月 28 日

面包车

庄里的人叫面包车是公共车
庄里人说公共车就是公共车
为什么要叫面包车?
面包是能吃的东西
而这种汽车不是面包不能吃

庄里人的固执不允许
对真相有任何歪解
哪怕是一个叫法
因此,长得像小狗的叫狗蛋
长得像猴子的叫酸毛猴
原来这都是他们喜欢的动物
他们喜欢的就是真相

他们不爱坐面包车
晕车的庄里人喜欢步行
他们说,坐在面包车里太闷
想吐了,也没个地儿去吐

2017 年 3 月 8 日

时光中的铜音

我只想提到节日的黄铜
正月里,一个热闹的场面上
穿着花红豆绿衣服的男男女女
扭成一团,扭成一个个
变化无穷的阵势
这是铜音的作用
来自时光切合点的铜音
渲染着此刻的人和事
此刻的人和事
正被铜音一遍遍过滤
剩下的,是铜音

2017 年 3 月 14 日

民歌落下

民歌落下,羊羔抬头
窑洞里铺下一层光景
柴火、煤炭、农具和雪
一起燃烧。炊烟升起
陕北拐弯,一万座大山
在此刹住。正午时分
民歌一遍一遍地
覆盖住那层旧了的光景

2017年3月19日

陕北无茶，我将饮尽南山

一

天空在此倾斜
一不留神，就碰到山顶
山顶上住着我的动词
无数次与天空握手
把酒言欢，只缺茗茶

我的粗犷透着酒性
满怀言语里
盛得下黄土一万年风沙
一个英雄转身时
酒盏高举
对月而饮
这番豪情，没有远处的白衣女子双眸含情
没有一杯清茶抚慰英雄气短
没有南山青葱
没有一场细雨一片竹林

二

高原叫黄土,也叫陕北
我在陕北的古代住下
窑洞里住得下沧桑
也住得下我的风尘

我的古代走出一个村庄
回望远处
那是陕北的时光
天空中压得下的群山没有翻身
我的时光自由而过
我的古代与我的战马
一起随着我的假设
来到实实在在的河边

河中鱼的化石睁眼问我
天空中盛开的白云为什么没有谢过?
我用一杯浊酒回答
高原不倒,白云不谢
白云不谢,我就不走

如果我不走
我的古代不再是虚设的清盏
一盏清水
是酒
是茶？

三
陕北树少，水也少
早茶午茶晚茶一日三茶
那是陕北高原远处的事
我在陕北
我的战马走过茶马古道
一块砖茶喝不出南山的味道
我在冥想中看望那块缺水的鱼化石
砖茶貌似修建窑洞的砖块
砖块貌似一块丢在河里的石头
石头貌似那块鱼化石

我想起来了
我的战马在最远最远的古代

从放马南山的那个南山归来
它的背上驮着一块砖茶
马在河边喝水
砖茶掉到河边
茶有灵性,变成一条南方的鱼
在一个盛夏的正午
小河在干旱断流时
鱼儿涅槃
为留住自己的身影
只能变为化石

四
记忆被鱼咬破
口子里流出当年明月的清辉
夜已深
我的高原高度不降

山越高
天空中的白云越低
云低下身影

我赴远方
南山在南
陕北在北

南山从此定下方位
我的战马今夜出征
陕北无茶之日很多
我将饮尽南山

      2017 年 3 月 19 日

蓝

一

只有一个古代
蓝天是来自古代的广阔
唯一的古代发生过很多事
到如今
其他的早早就烟消云散
一茬顶着一茬
人也是,事也是
只有天空不是

有很多传说来自古代
一匹马在大地上飞起来
马背上的尘埃落下一层层传说
腾空而起的尘世
跳上马背,日行千里
一代一代交给天空

二

我的身世紧靠大地
一万座大山是我的靠山
我拥有整个古代的天空
我的幸福来自河流的传唱

如今,我站在自己的天空下
站在自己的大地上
站在河流蜿蜒的民谣中
我是幸福的人
我告诉未来
天空在变蓝

天空一直在变蓝
从古代到现在
从现在到未来

那匹古代的马在奔跑
马背上的红尘就是乡音
一路飞过

都是怀乡人目送远方的乡愁

三

马匹飞翔
左边的翅膀载着古代
右边的翅膀飞进未来
一匹蓝色天空下自由的马
用马蹄声唤醒我的大山
和河流。春风吹过
天蓝色已成未来的底色
我的未来
如天空湛蓝

马蹄声点过
马蹄声里的民谣就是
天空的蓝色传说
只要将这些传说一遍遍讲出
未来就会开花
花朵会密密麻麻开在天空上
开在一万座大山上

开在河流上
开在马背上

2017 年 3 月 21 日

致天空

向所有的星星仰望
当然还有太阳和月亮
还有漫天的飞雪和大风

向所有的鸟儿仰望
它们的翅膀上一定落满星辉
或者月光和更多的光芒

我是最下面的那个人
距离天空十万八千里的大地上
我只占了不到一尺的地方
如此渺小的我无法拥有
大地上的楼房和汽车
但是我一旦抬头
天空就会给我很多星星
和太阳与月亮
以及大雪和大风
还有那些飞来飞去的光芒

2017年3月24日

故乡

门对面的圆头峁山上
有一条来自天上的河
河流的曲线里住下一群人
一群人在岸上
生儿育女，种地吃饭，生老病死

圆头峁山下有一条沟
有一朵白云从大山深处来
白云悠悠中住下一曲民谣
村子在歌谣中俯身
背山上长满树
挂在树梢的
要不是春风
要不是秋天和远方

2017 年 3 月 24 日

第三辑

野桃花
是大地盛开的修辞

母亲是炊烟

我的乳名缓缓升起
旧院子里的正午放着一片
荒凉的光景
我的温暖一次次来自
缓缓升起的炊烟
如同我的乳名
总有最美的人间烟火温暖我

母亲苦啊
她日夜置身于荒凉之中
用手缝补破碎的春风
用春风包住我的乳名
给我的乳名再次命名

母亲一辈子面对我手持春风
背对许多不如意
让那片光景在荒凉中晒着太阳

我的正午有母亲在
只要她在
那缕炊烟就能升高
如同我的乳名一天天长大
直到高于荒凉

        2017 年 3 月 24 日

倾诉者

山上的庙里没有和尚
榆树长了三百年
枝叶遮住三百年前的
那片时光,从此
庙在树中,树在庙中

庙里的神安卧在每一片树叶上
到了晚秋,落满地的树叶
就是神灵的预言,一年落一次
一年长一次,说出的话
要不埋在土里,要不挂上枝头
大地辽阔
每一句预言都能得到实现

木鱼闭嘴
诵经的老和尚很早就
圆寂在白云之上

暮色一遍又一遍
挂在倾诉者的唇上
白云之下的天空里
长出人世上的荒芜
一茬又一茬的荒芜
也长进小庙
小庙很小，小到
一棵榆树的枝叶完全覆盖
小庙很大，大到
无限荒芜在此疯长

倾诉者在哪儿？
原来啊，每一片树叶上
都写着倾诉者的话

2017 年 3 月 26 日

散开

早上,太阳散开光芒
鸟儿散开,天空和石头散开
早上,我和亲人散开
公路和水也散开
到了早上,是不是
所有的事物都要散开?
是不是再亲的人也要散开?

到了晚上
太阳的光芒累了
鸟儿和天空也累了
石头、公路、水
包括花朵统统都累了
散开的人和事都要回来
大家都闭上眼睛睡觉
黑夜就来了

可是我睡不着觉啊
散开的母亲没有回来
我找啊找啊
找了几十年
我的母亲在哪儿?
四十年前散开后
为什么至今还不回来?

2017 年 3 月 27 日

正午,你我都是火焰

你看到的空不是空
我有火焰在此做证
你触摸到的热度
不是灰烬,不是燃烧
我在此做证
你的双手已空
如同这空空荡荡的正午

有一块石头留在正午
石头上留下正午的余热
轻微的热度里
你我都在燃烧
我们的燃烧装满双眼
如果你有泪水
请让我的燃烧再滚烫一些

请落座我的正午

有你在,万丈高的荒芜
无法长满时光之空
跟我聊天吧
聊一些有关正午和石头
时光和热烈的话题
只要你一直在
我们就是这个正午的火焰

2017年3月27日

神

一块石头是神
一株枯草是神
天空一隅的乌云也是
水里的鱼和风中的声也是

你向我走来
你身后的脚印是神
你停住脚步转身
你的背影是神

对于一棵树和一只虫子来说
我们是什么？
被砍伐的树倒下来
被脚踩的虫子没了踪影
太阳一暗
黑夜只为悼念而落幕
我们是什么？

2017 年 3 月 29 日

我只在心里想你

这么多年了,你一直在外
那边的桃花正在开吧
那边的天气跟这里的一样吧
今日清明
那边的人是不是都在等着纸钱

这么多年了,你再没回家?
你的脚步还是那么快吗?
你的黑衣服会不会被太阳照着?
你在那边,是不是
跟我想你一样
想我?

我只是在心里想你
四十年守口如瓶
从未对别人说出过想你
四十年地想着你,已是

堆积如山的分量啊

清明有雨,天空中
落下天堂的思念
妈
如果给我一场春风
我会让全世界的草木醒来
也许那时你就回来了

        2017 年 4 月 2 日

娘

午夜
娘在赶路
我也在赶路

落霜铺在路上
也落在娘的额头

记得一个正午,娘对我说
菜园子里的韭菜绿了
让我去看看

娘的刀子割过的韭菜上
长满了初春的阳光
娘的双手给我攥紧
童年的春暖

一个午夜的梦

在村头遇上赶路的娘
她赶紧过来，一手拉着
我的手，一手捋顺我的头发

她问我，你怎么又瘦了呢?
我说，四十年你不在跟前
我吃的是别人家的饭

          2017 年 4 月 14 日

野桃花是大地盛开的修辞

力争在午夜绽放,月光
是你低处的芬芳
母亲在午夜醒来
你是一朵一朵挂在
母亲发髻上的春天
在这个午夜等着春风

一万座大山没有入眠
天黑处,凡是母亲的眼神
触及过的山坡上
就会有野桃花依次盛开

一朵朵桃花躲过黑夜
用自己的粉色
在大地上写下有关母亲的天气
天气是好天气
春风已经吹过
每一朵花儿
是大地盛开的修辞

2017 年 4 月 21 日

花正谢

春天,是花的季节
山坡向下
十万花朵攀附春光
铺下薄薄的花毯
山坡向上
仅有的天空也是花的世界

花儿太多,这个
春天装不下太多的盛开
一夜之间
凋零所有的芬芳
向阳的坡上
随风而舞的花瓣
正是春天的话语

2017年4月23日

只要过了黑山寺隧道,就好像回到我的古代

雨在下,从延安一直要
下到黑山寺隧道口
车过隧道
就是残阳如血的黄昏
熟悉的古代在马路两旁
马匹和商铺,客栈和流水
都是这个黄昏的颂词

电线杆上挂着英雄的挽歌
古代也会穿越啊
那些英雄没有住在客栈
高高的电线杆上电流一次次通过
嗡嗡作响的电流是挽歌低沉的绝响
穿越后的马路上
走着无数复活的英雄

黑山寺隧道是划开天气的分界线
那一边的雨声
只是这个古代的黄昏时候
雨再大
这个黄昏依旧是残阳如血

       2017 年 5 月 6 日

黄河在上

一

你的姓氏很长很长
一万里路上奔腾着你的名字
你叫黄河
东营，是你安家的地方

黄河在上
上面是高原
高原登天，天上有白云
白云生处
河流倾泻
黄河之水天上来

我在低处
黄河在此拐过
我搭上你的旅途，从此
日夜翻滚着我的不安

我的九曲黄河万里沙

二

以你的名字命名一段时光
一座城市的左右两侧
一半是蓝
一半是黄
黄的那一半是你的乡愁
蓝的那一半是你的远方

东营是你的最后一个女儿
你从一万里外奔腾而来
把时光中所有触及的
交付给这座城市

你留下一封信
信上写下天空和大地
写下庄稼和河流

我在你的那一头聆听

静静落下的是
东营辽阔的月色
和被月色染过的黄河谣

三

月光铺在我的想象之外
你的土地生长在想象之内
当黄河把更多的恩赐留给你的时候
你的土地上盛开着大海的浪花
每一朵浪花
都是你一万里的乡愁

我知道你在回望
在那个名叫黄河入海口的地方转身
望故乡,你就望见
我的北方和你的北方
我在你北方以北的山岗
你在我
一万里乡愁的出口

我和你都是黄河养大的孩子
你在东营
我在陕北
你在黄河湿地
我在黄土高原
招一招手
我们的北方已是彼此的远方

四
我到过你的北方
黄河留下大地的胎记
一天天远去的水色
一天天长大的胎记
你的名字叫东营
黄河水一遍遍洗过的地方
天空中盛开时光之蓝
你的名字里装满时光
黄与蓝
一半是河流的归宿
一半是大海的走向

2017 年 5 月 9 日

延安

把黄土分布
民谣让道,黄土
深居民谣之上
民谣苦啊,触摸
到痛时,那痛
就微微发光
光在分布
天空让道
大地河流盛满
四方生根
光芒茂盛

2017 年 5 月 10 日

母亲的远方

四十年前的风中
母亲来不及收获这个秋天
就化作一首诗远行
四十年太久
诗行里早已长满苔藓
我的母亲成了我的远方

远方,是一片大海
海面上铺下北方的晚秋
海水上漂浮着一叶小舟
那是我
在母亲远方的广阔中前行

浪花泛起
打开诗句的背面
苔藓覆盖下的母亲
已是四十年沧桑的秋色

我在大海上继续前行
远处，渔火点点
这是母亲的路标
让我一次次靠近远方的温暖

2017 年 5 月 12 日

轻下来

风停下
草木也停下
夜停下
世上的路停下
星星来得越多
天空就会越安宁
天空越安宁
世界就越轻

时光很轻
而人很重
一个又一个地
坠落在时光外面

2017 年 5 月 20 日

越来越轻

时光很薄
风很轻
你看到的路也很轻
路上发生的事也很轻

天空很轻
一直飘在上面
你看到的河流在古代就上了天
银河在上,天上的事情越来越轻
你看到的所有星星
都是地上的尘埃
升得越高,它就越亮

日子从早上开始就越来越轻
来来往往在日子中的人
走得越久就越轻
走到晚上,身体如鸿毛

跟地上的尘埃一起变轻
升到天上，升到繁星中

2017 年 5 月 23 日

大姐来了

一

母亲去那里二十年后
父亲也跟着去了
父母亲到了一起后
他们要重新开始生活
因为人间一辈子的事
一点也带不到那里

父亲走后二十三年
他们的第一个子女去了
那是我的大姐
到那里去再做他们的女儿

在那里
我的父母一定是新婚
我的大姐刚刚出生
我的父母今天一定很高兴

他们迎来了自己命中注定的
九个子女中的第一个

二
人间苦尽
一辈子悲苦成了
别人的记忆
今夜凌晨，繁星密布
天上多了一颗星星
它的名字叫大姐

三
我有儿子，儿子对大姑说
你在世上走了一遭
却在远方找到了家
你一直想让我陪你
看看天
看看自然
看看尘埃
可是，我从未陪你

5月25日这天起
天上多了颗星星
从今以后
我想你的时候
就抬头看看
看你的耀眼
看你的暗淡

四
我有女儿，女儿最早说
你看，天上又多了一颗星星

五
大姐来了啊
我知道我的父母
正忙活着烧柴做饭，扯布做衣
母亲的奶水不多
父亲赶快做米茶
红纸做的那个风葫芦掉到地上了
父亲捡起来递到大姐手里

大姐是幸福的孩子啊
父母亲抢着抱
两个脸蛋上落满了亲吻

大姐来了
人世上的苦都走了
那边的世界里
我的父母健在
我的大姐是宠儿

        2017 年 6 月 21 日

钟山石窟的石门槛

一旦钟敲响
石窟里的万余尊佛
就会在石壁上醒来
这时,又有凡夫俗子闯进大殿
难为莲花台上的释迦牟尼佛
一万个许愿
与草木和山水无关

莲花从过去世微微打开
开花的过程过渡着愿望的秘密
从过去世到现在世,再到未来世
莲花盛开,释迦牟尼佛修成正果
花开的秘密守着石头
石头化身一万尊佛从四方赶来

佛法轻度,门槛再高
众生也会一一跨过

一千多年的时光落下沧桑
门槛一遍遍被足底扫过
那一处,是时光的低处
低下来的石门槛挡不住后来的脚步
却挡住了虚度的愿望

        2017 年 7 月 13 日

偏僻

海水在千里之外
水里的鱼游了多年
从未游出大海

北京在三千多里之外
后海和颐和园的水里
也有鱼,还有荷花
金色的鱼很肥
荷花的叶子上留下鱼语
这些话语催花开
花开在很远的水面上

我在子长
黄土高原腹地的子长
此刻正在群山中午休
山风伴我远眺
看不见大海和城市

生活在海边和城里的人
以及鱼和花
太偏僻啊

       2017 年 7 月 13 日

洪流

两棵树陪我二十多年
一棵在北,一棵在南
东方和西方的河流上
生长出森林
我把东西双方对折
森林里的树挤在一起
南北两棵树被挤得更远
我的目的地更空

我正在老
掉下的头发被树捡起
风轻轻吹来
我的容颜饱含想念
眼前的河水流走我的忧愁
远方的树啊
你的根扎在我的体内

我的身体被时光分割
一片森林的蓬勃中
种下我的土壤
请让我躺在树下老去
一棵树在北
另一棵树在南

时光在洪流中疯长我的头发
树冠如此茂盛
那是我的念想
在不可阻挡的洪流中
瞭望两个方向的天空

        2017 年 7 月 19 日

土

抬起脚板
脚印落在时光的陈年里
土中就会生出故乡
故乡在哪儿?
炊烟升得多高
乡愁就有多近

一些年后
你化作乡愁
被埋在土中
你就是它的子女
你也是它的种子啊
土中
生出无数个不一样的你
和一样的乡愁

2017 年 7 月 23 日

水

来自天空的语言
选择在春天发出
万物向上
目光里盛满你的恩泽

聆听者在午夜守住光阴
春天就会马上赶来
万物呈现出天空的语言
安静的聆听者迎风而立
任水声抵达你的秘密

水深处天空辽阔
水浅处春暖花开
有水,你是幸运者
你的秘密里一定盛开着
一个精致的春天

2017 年 7 月 25 日

木

远行人记住的路
路口有一棵枣树
树上挂着北方,远望
前面
究竟有多少苍茫

你有多远
这北方山岗上住下的石头
一步步接近天边
苍茫中你正为那棵枣树抒情
我在另一处
仰望你的北方

行者会归来
某年某月远方转身
那棵枣树正值黄叶落尽
苍茫中红了的枣儿问候大地

你是一棵树
我在树下道别
回头相望
木已成林

      2012 年 7 月 29 日

巡山

雨后,天空被预言放纵
鸟鸣啄破高处的蓝
一万座大山便安卧于寂静之中
触摸高处
一群野鸽划过指尖
所有的雨水回到天空
等待下一次风的指令

某一个高处
我在风的指令中看见折叠起的大山
它们打算去哪里?

山风在此一脚踏空
深陷大山的秘密
一群惊飞的野鸽衔着风的指令
送回高处的安全地带
我假装路过

看得见它们的话语动机

预言的前面
本来就是一场雨水
我和所有的大山
安宁地在蓝天之下聆听
纷纷落下的鸟鸣

2017 年 8 月 4 日

很空

夜很小
小得容不下自己
我欲抽身
看不见的手抓住我的背影
我很黑
手也黑。不知手在前
还是在后

白昼很小啊
小得装不下想象
千军万马
排山倒海
驰骋纵横
这些词语欲念太重
无法被白昼装下
我在白昼与黑夜的缝隙打量
一道白光和一道黑光同时奔跑

它们如同我的喘息
跑得越远
越是接近窒息

在黑白之外
天空和大地很空

黑夜里的手被照亮
而你的眼睛却无法触及

      2017 年 8 月 4 日

回到老家,山花又开

郝家坪的后湾里
一百年前的人都走了
土窑洞空着
空到光阴也不想来
不会腐朽的黄土
和没有腐朽的荒草
在光阴的空隙中
留下当初的陪伴
多少年光阴不在
你们安好

剩下的土窑洞
睁着眼睛目睹风雨来来往往
浇灌和摧残开在秋天的山花

我的出生地留在秋天
一旦回去
老家的山花就开

2017 年 8 月 11 日

安静

山峰隐在很轻的晨光里
树上的鸟一只一只飞起来
它们都是光阴的局外者
已经很久很久

谁丢了登上山峰的路
有关脚印的留下与否
有关鸟鸣的高与低
晨光会轻轻盖住
丢在山上的路
晨光会带回来

而这一切其实一直在发生
光阴是真正的局外者
不然,有谁
听过它说话,或者
看见它在眼前走过

2017 年 8 月 16 日

暗处

光在后
照着后面
你的陌生正是因为我们的生疏
互不相干的你我
其实跟前面的暗处
都有瓜葛

我们无法预料的黑暗
是前面破碎的时光
时光里,无法看清的
水、石头、柴火等
它们相互认识
相互在暗处消磨时光

你呢?你在前面
能找到什么呢?
我两手空空

打算认识你的容颜
可是，我无法
走到你的面前

我们正在被暗处消磨

2017 年 8 月 16 日

火

一旦冷却
灰烬成风,你
是风中重生的火苗
热度烧到极限
你化为灰烬
你是火种留下的游魂

烈焰和灰烬
一个在前
一个在后
你在中间用滚烫的红指挥
不管是冲在前面的
不管是追在后面的
你让他们在激情中前赴后继
你让他们不要停下来
你让他们,死也要死在
一个热度的高处

而火死不了
天上有,地上有
水里头也有啊
火种撒进大海
大海底部就会燃烧

　　　　　　　　2017 年 8 月 17 日

午休

属于我和树、我和
鸟鸣的正午已经落下
庞大的安宁

安宁的正午降低树的高度
让好几种鸟鸣声拐弯回来
我在树下接住。那只
花色的长尾巴鸟儿
没有倦意
它习惯性地走进我的正午
我是它的外来者

我没有午睡的习惯
提着一桶山泉水浇树
我顺便浇几声鸟鸣
浇一下那只有点口渴的长尾巴鸟
以表我的歉意

我浇水的时候
正午没有醒来
我浇透这个正午
让你的安宁充满水分
让低下来的树上
发出一声声湿漉漉的鸟鸣

2017 年 8 月 17 日

大卡车路过乡间道路

我的正午很沉
我的山花也有分量
这分量是花的颜色
紫色的黄色的红色的花儿
加重正午的重量
压得路过的大卡车
带不走车轮滚过的一缕烟尘

那辆大卡车的妆化得并不好看
它的红没有水红花的红自然而水润
它摇摇晃晃穿行,大呐二喊

不知道它要去哪儿
向日葵盛开在这个正午
闰六月二十八日是个好日子
许多花儿铺在这个盛开的正午
一辆又一辆红色的大卡车路过

它们像某种花

一溜烟开过

迅速凋零在乡间小路的那一头

2017 年 8 月 19 日

山花开在河流之上

日子一天一天隔开
隔开楼上的人,隔开
擦肩而过的人
人与人之间的关系
仅剩下 2017 年酷暑天的
大汗淋漓

大城市和小镇一样
霓虹灯和乡间小路一样
都是烫疼河水的理由
我的山花开在河流之上
所有的热度渐渐消退在
老家土窑洞的最深处

冬暖夏凉的黄土里头
住下是非曲直的人
住下山花开过的安宁乡野

回到老家,就回到黄土里
有关城市和喧哗都被隔绝
在二十里之外的山垭口
如果我在今夜入眠
第二天的清晨
山花就会轻轻开在我的身边

2017 年 8 月 23 日

家谱

一

山西那棵老槐树的根脉
扎到时光深处
时光是根上结满苦难的果子
一个一个挂到爷爷的手上

爷爷死于战乱,撒手
之后的空手心里
握不住一点时光
他的手纹里藏着老槐树的根系
父亲说
爷爷的爷爷是从山西那棵
老槐树下逃过来的

从黄土地的东边
逃到黄土地的西边
家谱里就写上了

东西跨度三千里路的云烟
在路上
丢了的族人都是落叶
也是家谱上被撕碎的那些书页

二
生生世世的人们从四面八方
回到家谱的位置
如今,家谱放在
最好的时光之中
所有的名字被载入电脑
包括三百年前的那些家人

家谱是老祖宗
他是活下来的长寿者
原来给他吃风霜吃苦难
吃人世上最难吃的光景
如今啊,让他坐高铁
坐飞机坐飞船

三

家谱三千里

祖先的云烟淡去老槐树下的伤心

远方不远,如果想回去

从陕北出发

一天回到祖先的怀抱

老槐树下的落叶纷纷飘起

一片一片挂在树枝

重新茂盛时光

我在秋日的午后

打开纸质的家谱和电脑

一一对照过往的人和事

发现:

过去的毛笔写不完的时光

如今被电脑统统完成

过去的苦日子结了的疤痕

如今被吃好穿好的好心情抹平

家谱是活下来的祖宗

也是同样的午后
我跟祖宗的对话悄无声息
我们都在安详的时光里
看眼前的远方
看那条三千里路上的云烟

       2017 年 8 月 27 日

阿拉善的三百年

一

1716年的秋天
一首诗歌以仓央嘉措的名义
诞生在这里的沙漠、胡杨
和时光中
从此,这个边陲之地
生长着广阔的诗意
盛开着不朽的山脉

三百年是一条船
船上有一位诗人在吟诗
他用圣佛的音质吟出
人间繁华与荒凉
超度众生苦情
超度活下来的时光

二

你用诗歌铺下阿拉善的底色

所有的后来者
只要走进你的背景
眼前的阿拉善就是
你传说中的苍天圣地
是你划船而过的一行行诗句

你用小船载着
阿拉善三百年的时光
每一年的日子里
你用诗歌垫付虚度
你用诗歌渲染着
阿拉善底色上的沧桑

你摇着小船前行
水波读着你的经文
阿拉善的沧桑一遍遍
被诵经声触摸

三
阿拉善三百年的时光奔流
平复着仓央嘉措当初的心情
人世太短，人情多厚？

红尘中，你用佛心度过阿拉善的胡杨
那些在秋天涅槃的树木
以色彩的姿势向上仰望
人间多少钟情纷纷落下
在你的湖泊、沙漠、草原

三百年
装进一个僧侣的情怀
情怀天大
人间万物在此相拥

2017 年 8 月 29 日

位置

鸟坐在高处
鸟之上是苍穹
一万里苍穹不足一次
想象力局限的夸张与赞美
这样的高度
其实是想象之外的

大地上花开四方
每一朵盛开
都在自己的芬芳里凋谢
高处的鸟鸣俯冲而来
叼走花瓣上干枯的颜色

最低处的万象是灰烬的初心
只要天空转身回望
这一切都将是被燃烧过的现场

2017年9月2日

水纹

向前涌去
前面是风
后面紧跟着月光
或者阳光

向前的时候
一排又一排的水
挺起脊梁
脊梁上落下天空的光芒
此刻,光芒是台阶
水向远方
远方在西,还是东?

其实
你看见向前涌去的水
实则是向后奔流的江河
那么,月光和阳光

就是江河的带路人

哗啦啦的水纹
泛起的光华中
流走一条向东的水色

2017 年 9 月 2 日

金

流落在民间的宿命
被命名的意义生长在月光之下
那些植物和动物并没有金属的属性
那些河流与山谷
却依赖矿物质刚柔并济

人是凡胎肉体
里面的骨头能否发出光芒
问问民间的小河与小路
或者高楼与飞机

我们沉下去的时光
能不能举起一些尘埃高过头颅
高过骨骼的结构
高过灰烬之后留下的目光

2017 年 9 月 8 日

子长看到的晨雾不是雾霾

城市里的朋友跟我走在子长的清晨
田野里,公路上,山谷里
梦幻一般地涌出淡白色的雾团
朋友说,这里的雾霾也不轻啊
我告诉他
雾霾是中国城市的富贵病
子长看到的晨雾不是雾霾
这个偏僻的北方小镇还没有资格害上这个病
因为没有汽车生产厂,没有化肥厂
没有酒吧,没有霓虹灯,也没有
大于土地的人群和楼房

           2017 年 9 月 10 日

第四辑

时光 在此

我用黑夜膜拜高空

半夜三更，天空附身
眼前的黑夜是透明的浮尘
看得见的高处
神明端坐的莲花座
开满黑夜，一万颗星星
发出预言之光

夜空下，我用黑夜
盛满无限光泽
同时我用黑夜仰望高空
当我的心念闭合时
我已成黑夜的浮尘

众神在上
星星点灯
每一粒黑夜的浮尘
都在归去的路上

2017 年 9 月 14 日

散开的天水

麦积山

佛国高处
人间烟火向上
我们无能,借助
层层木梯攀附

以为到了高处
就能看到一万里麦田
和一万堆麦垛
一万个人间

走着走着
又回到低处
抬头再望
结不了缘法的
一些泥佛
冷眼看着我们

半山腰挖洞而住的众佛
模仿人间生活
它们哭笑不得
也在避雨躲风

一层层通往高处的木梯
一层层试图高出人间
而抵达天空的高度
选择在时光的缝隙
向前看,麦田不知啥时候
荒芜,长出的茂密森林
如同人间香火

众佛往下看
我们正仰望
对视时,彼此的眼中
有一片古代的麦田在黄

南郭寺
杜甫在寺院的右侧修行
年代久了

左旁那几棵槐树成精了
而杜甫还是一块石头

这是一块古代的石头
被当代人雕刻成一个落难的诗人
他在南郭寺的竹林，住下
满怀才气和忧郁，住下
唐诗最疼最苦的一首诗

钟声总会在暮色中传来
石头也会叹息
南郭寺的夜晚只为杜甫而黑

杜甫草堂

这才是杜甫的草堂
而成都的那个草堂
分明就是大花园

一间草屋，一条小径
一个草门，一片荒草
适合有苦有难的人居住

适合肚子里有墨水的人住下
更适合杜甫在这里
在春天吟唱
茅屋为秋风所破歌

大地湾

去往大地湾的路途不算长
一个小镇的苹果挡住了去路
有四只喜鹊在苹果园说话
它们说完话后
两只飞走,两只留下来
陪着吃不到午饭的我们

车到大地湾已是大地的午后
玻璃与玻璃相互隔开的
不是我们和古代
不是人面陶罐和蜷着的
尸骨的八千年痛苦
我们透过玻璃看到
这个村中被活埋的人的仇恨

李白祖居地

高铁站广场,在唐朝时
李白的父辈在这里耕地

现在,地是水泥地
他们的口粮要从哪里得到?

伏羲庙

不要再说这是神话故事
院子里的古树上写着他们的日记
画着他们的生活图案
以此为证,古树
从八卦图中活到现在

窗子、门、院落,以及
天上的雨水、黄昏都是
人间生活过的地方

香火很旺
来自人间的愿望升高
伏羲和女娲正在熟睡

天近傍晚,他们习惯了
早睡。他们习惯了
在人烟稀少的时候早早入眠

2017 年 9 月 28 日

秋天的火车

连续的雨落在长安的街头
等到雨停,火车停在五路口隔壁
我要回家
火车上装满了秋天的人

火车向北
向北的铁轨上枕着
接二连三的秋日
一个比一个金黄的秋日
一个比一个被风吹透的秋日
在铁轨上铺好回家的路

秋天的火车跑得快啊
身后的长安被太阳烘干
烘干的长安便于储存
储存着湿漉漉的长安雨

2017 年 9 月 29 日

联想

电视上看到一个年轻的总统讲话
总统肥胖,梳着分头,皮鞋与头发一样发亮
我的父亲三十多岁的时候
他在参加羊马河战役
他清瘦,留着用剪刀剪过的短发
他的布鞋开着口子
张开的口子,呼吸着死亡的空气

有朋友发来一段视频
视频上一个富豪带着车队从海边走过
这个看上去有五十岁左右的富豪披金挂银
让我想到古代身着金盔金甲的大将
而这样的联想一闪而过
视频里的他,也是个大胖子
发笑的时候,喜欢挥手指点天空
我的父亲那个岁数的时候
开始蓄胡子了
没有苍老的父亲已经沧桑

他微驼的背固执地对着天空
弯下腰走路,一步步深陷于
人世上的苦劳之中
他是贫穷者,五十多岁的男人
扛起了一百岁的苦难

一个表演魔术的演员
在微信群里和朋友圈热传
他神奇的魔术
给他的面孔添了一层光
他在喝彩中不愿意退场
一个弯腰鞠躬
破了自己的魔术

其实,我的父亲也很神奇
他不在世上的时候
仍然能唤醒熟睡的我
仍然能来到我跟前
趁着我熟睡的时候
抚摸着我的头

2017年10月14日

漫长

我来到世上活下来
就与这里漫长的山水相遇
我活在世上吃喝拉撒睡
就与这里的五谷布匹烟草酒水
漫长相遇

我与一群冒出土壤的青草的时光
走在路上
路上的每一个驿站里
安放着尘世里的各色图案
每一个图案上画着漫长

漫长中
青草多次死而复生
而我一直在旁观

2017 年 10 月 17 日

延缓

草木逢春,重新活过来
路延伸,为了找到出路
人一天天活着
想把死亡推后

延缓不是结局
延缓是将过程放大

所有的星星分别后的天空
延缓着放逐
每一个黑夜不辞而别
每一份有着归来的心意
一直被放逐

2017 年 10 月 17 日

老窑洞

一

一百多年了
门前的那棵老槐树
挂着旧时光的烟火
风一次次吹过来
我的先辈就会一代代归去

那一排老窑洞里
住下血脉,住下
老槐树的根
住下整个村庄往后的烟火

二

我回去住下
窑洞面子上被风
涂上这些年来的气象
一遍又一遍

我的旧窑洞里，住下
这盛世安详的时光
住下太空里传来的《东方红》

我睡得安稳
如果有梦
我的梦会盛开出火焰之花
我的先辈们手持花朵
纷纷相聚在天空的高处

三

与你相逢后
注定是漫长的厮守
风和旧窑洞
旧窑洞和老槐树
重新回到春天

我乘坐一列高铁
也回到春天

住在春天里
我才知道树上的烟火
就是人间繁华
我才知道窑洞也会开花
开出的花
是不会风化的砖石结构

2017 年 10 月 25 日

高铁时光

邀请这个时代入座
时速 350 公里的幻影
让逆向而去的河流转身观望
这是我的时光
正在中国高铁上抵达光明

春天在此
邀请所有的时光赶来
我在这个崭新的春天
给每一段时光披上春风
然后,坐上高铁
接受每一朵花朵的祝福

春光好啊
350 公里的速度就是春风
每到一处,大地盛开

2017 年 10 月 26 日

人群中有你就好

好久了
你的消息化作苍茫
远处是另一个远方的宁静
我知道,你就在那里

那里人群如潮
那里人群苍茫
苍茫之中
喧哗渐退的远方有你
人群中有你就好

人群中你在
我的世界就会苏醒
即使远方遥不可及
有你在,再远
其实也在我的心里

2017 年 10 月 30 日

你的黑夜正是我的光明

流水在前,在前的岸上
等着流水归来
你在哪里呢?
三月的春光在前
九月的秋收在前
我在你的黑夜里奔跑

母亲在前,父亲也在前
庄稼地里的杂草和秸秆在前
我在你的劳作里走过
黑夜已经缓缓落下
我在你的黑暗中寻找

我的身后
跟着我的孩子
孩子的身后
跟着一条河流

河流最终要上岸
岸上的春风和收获
最终要在你的黑夜逃离
我和我的孩子一直在奔跑
为了寻找到
黑暗中的光明

        2017 年 11 月 11 日

收回远方

把每一个远方收回
让有些路成为摆设
只有过往的风会走

把这个冬天关住
有些雪花就无法飘零

我喊停北方的大山
如果都能回来
就打开冬天的门扉
让所有的雪花涌向大地
纷纷落下远方的秘密

2017 年 11 月 12 日

窗外何时

那半坡黄色的野花在吗？
山坡上晒太阳的人没走吧？
黑夜降临，那里还是好天气吧？
陪我的人，你是不是回家了？

星星一定回到自己的家乡了吧？
它们相互发出金色的问候
高处的话语轻轻散开光芒
一句一句晾在窗台上

我的深秋急忙赶到田野
那半坡盛开的野花
等待手持阳光的人回来
他会探望窗内时光
我，一个人躺在时光之中
等候你当初的问候

2017 年 11 月 15 日

十月一送寒衣

农历在向阳的山坡上
被风雪吹得需要添加衣服了
那里的人急忙把人间的日历
撕到十月一日，这时
阳世上的人就会心头一震
为什么撕下的日历一页一页
变成巨大的雪片？

我从纸火店买来三套加绒的寒衣
放在风雪停息的瞬间里晒一晒阳光
这是来自人间的衣服啊
那里的父母和大姐能不能暖暖身子

在四十年前的深秋
收割了谷子的母亲再没回来
在盛夏，去了小镇的父亲
一走就是二十三年

刚刚走了不到一年的大姐
你们是不是又冷又饿？

此刻，他们三个正在一起
试着衣服。父亲肯定要怪我
为什么不给他带一双老布鞋
买那些花花绿绿的衣服
怎么穿得出去

同时，我买了两部手机
同寒衣一起随火带给你们
母亲不认识手机，留给父亲用
大姐需要换一部智能手机
等到明年十月一
你们不用撕日历了
添衣服时给我打电话就行

2017 年 11 月 18 日

寄生

老虎寄生在猎枪瞄准星的偏差里
蚂蚁寄生在食蚁兽的嗅觉中
生物链条上的生命
都寄生在土的表面和水的里面

飞在空中的鸟鸣寄生在虫子之上
攀附在世上的蟒蛇
寄生在一群猕猴的恍惚中
水里头的鱼游动着
尾巴上寄生着鲸鱼的追踪
地上的肥猪懒睡着
里脊肉上寄生着餐桌的丰盛

循环式的寄生
活下来的意义是保证
身前身后的求生者的存活
有时候土地发痒

挠一挠就是地震
有时候有点脏
山洪暴发的时候
它在洗澡

正在吃东西的很多寄生者
才发现，它们的寄生体
原来是土和水

2017年11月21日

开阔的雪

天空过于拥挤
盛开的你一片一片聚集
天空再大,这一刻
也是你的集散地

我喊一声陕北
散开的雪花纷纷落下
这一场聚集的盛开装下整个空间
包括正在大雪中出场的十万座大山

四顾茫茫,洁白的盛开
开阔到想象之外的天空中和大地上
我用眼光触及的
正是这一场雪的开阔

你看到了吗?
前后左右上下都是盛开的白

分散的雪花在聚集
聚集的雪花在分散

　　　　　　　2017 年 11 月 28 日

雪上座

我承认我爱雪已经多年
这么多年,所有的雪
只选择到冬天来临
因为我的出生就在
初冬的第一场雪中

雪是最大的白
它的背面没有阴影
它的里面和外面一样
它飘到哪里
哪里就是它的地盘

今早上
秀延河畔的文化长廊
所有的石头椅子和木头椅子
以及塑料椅子没有空着
那些自上而下的雪片纷纷而来

原来它是天上来的信笺
那么,请你上座
用你的无言朗读出信封里的秘密

2017 年 12 月 14 日

时光在此

乡村的清晨把鸡鸣夹杂在
一缕最白的炊烟中,交给
上面的时光。时光也是白的
白时光是最硬的石头
石头遍地都是
石头里生长着乡村的五谷

炊烟里升起五谷的花朵
花朵也白,盛开着辽阔的白
时光在此
乡村是时光的一朵花
白色的花,好看的花
谢了又开的花

2017 年 12 月 15 日

盛开

隆冬在窗台上寄宿已久
它无法脱身于玻璃之门
一夜间,把自己的破碎
紧贴在玻璃上。碎片
密集,如同你绽放的
花瓣有序登上玻璃舞台
窗内,一支鲜红喝彩
你在窗外白色的盛开

2017 年 12 月 17 日

瓦窑堡胡同

深处,二万五千里
抵达的秘密。深处
光阴化雪,一层层落在
下河滩的胡同里
垴畔上,盛开着瓦窑堡的隆冬

在深处,一孔窑洞里的灯盏
点亮1935年11月13日的黑夜
在胡同的深处,中山街中盛店
院内,一支部队在此落脚
瘦高个毛泽东接住雪片
手心里的北国风光
在胡同里延伸。这时
窑洞的秘密——解开
土炕上的羊毛毡
铺下瓦窑堡炭火烧暖的
二万五千里慷慨

2017年12月28日

KTV

父亲如果在
他过了今年的农历闰六月就九十六了
元旦前的这个晚上
瓦窑堡文化长廊的好声音 KTV
有人正在唱《父亲》
土里头的所有父亲没有一个醒来

父亲听不到这个世界的好声音
他的土壤里种下一辈子的苦
这不言不语的苦如同安眠的他
悄悄地化作人间雪片
一片一片覆盖着尘世间的回望

父亲不认识拼音和英文字母
KTV 是陌生的符号
如果九十六岁的父亲在
他肯定会说:

你们糟蹋钱不算,还在
糟蹋有米有面的好日子

2017 年 12 月 29 日

身体

住下欢乐
住下高处的空想
住下人群和喧哗
住下黑暗和河流
住下欢乐以外的悲伤
住下病毒
住下死亡
住下腐朽

2017 年 12 月 30 日

2018

2018,祝福出门在外的孩子
祝福各奔东西的亲人和朋友
祝福走在大雪中回望家门的人
祝福那些与我擦肩而过的陌生人
祝福天下有苦有难的人们

从今天开始
天空是辽阔的蓝
草木是鸟鸣中长高的绿
河流是缓缓而来的春风
大地上,住下清晨的阳光
从今天开始
每一个日子都将是
花开之日

2018 年 1 月 1 日

无知

冬天不一定就会下雪
南国草坪上的时光刚刚睡醒
它望一望北国的大雪
走进自己的雨中,它需要生长

看到的眼前是一条路
看不到的身后
路被黑暗遮蔽的那部分
还是路

一百年前的尸骨
是时光写下的不朽
一百年后的时光还在写
把死亡写到每一根骨头上

今夜有雪,那是
时光的白发

一年又一年老了,却
一年又一年活下来

它在生长
在不断的新生和死亡中生长
如同你在午夜零时的熟睡中
进入新的一天

          2018 年 1 月 2 日

尘世上，你我只是一片雪

世上事多
你我都在事中
石头住在各自的镜子里
我们太轻
世上尘埃无法落定

回到从前
回到更多的事中
所有的石头在时光中腐朽
镜子里，留下过往的风尘

我们只是一片雪
在相依的漂泊中
渐渐消融。时光深处
你我正在相忘

2018 年 1 月 2 日

骗子

说好2、3、4号
三天中雪
现在是2号晚上
夜色的高处有一群星星聚会

当上帝的谎言被星星揭穿时
上帝说
他从未预报天气

2018年1月2日

只有你

赤橙黄绿青蓝紫
唯独没有你
颜色,一层层堆积
让每一个喘息的日子
绽放彩色的伤口

到了寸草不生的苦日子
你会打开冬天的柴门
收回全部色彩
然后,站在风口
命令所有的颜色归顺

你是白
一片一片从天上
飘下来的白
只有你
才能让所有的色彩

沉浸在你的伤口里
然后，愈合

2018 年 1 月 7 日

诗词里的开封

一

小学三年级开始
汴州、汴梁等泛黄的古代词语
在语文课本的诗词里走出来
帝王与庶民,草木与江河
居住在我的遥想中
他们和它们交换着时空,交织于
菊花的白与黄之中
他们和它们在木板上刻下
春天,春风里吹着诗词的韵味

汴绣上的银针牵着时光之弦绣出
相国寺的水火之灾和包公祠里
流传至今的《铡美案》
这一切,都是一出豫剧

二

初中的课本中有一幅图画

那是一幅《清明上河图》

图画中写下万千诗词风韵

开封城里的柳树发芽

鹅黄的枝头上长出一曲宋词的婉约

天空中飞来的燕子

是从哪一首古诗里放飞出的?

它在开封的屋檐下筑巢

三

一幅《清明上河图》画下人间美好

让每一首诗词找到自己的位置

它们在此吟出人世百般

吟出开封的前生

这幅图画也曾画下预言

今世,正如预言所说

诗词里的时光

永远是春天里的人间繁华

2018年1月7日

郝家坪

在东拐沟向东五百米处的河滩里
那两块巨大的老石头
被郝姓的人砸碎
修了一个菜园子
从此,这个名叫石头坪的小村子
改叫郝家坪

那是我的老家
那里的姓氏在土壤里一遍遍死而复生
犹如菜园子里的韭菜
割了再生,生了再割

看二十年以前的尘烟
几代人的照片眨着眼睛
他们的生命一半在土壤里生长姓氏
一半挂在墙上看着自己的尘烟
看尘烟往来

那些暖着身子的光打下来
门对面的菜园子就能长出茂绿的正午

多年了,大门墩上的荒草没人去锄
那两扇木大门不知啥时候没了
敞开的大门口,满院子的乡愁
能不能留得住出门在外的人?
好久了,郝家坪的时光失修多年
门前那两棵老槐树哪儿去了?
大门墩前的石碾子哪儿去了?
下院子的豆腐磨哪儿去了?
我们的亲人哪儿去了?

那些找不到的人和东西
都掩藏在时光深处
深埋在土壤之中
如果姓氏被不断地繁衍
那么,在石头的记忆里
这个村子的老去
会不会重新回到很久以前的

鸟鸣中、流水中、小路上和
每一家的炊烟中？

2018 年 1 月 11 日

风

风轻,水纹刻下你的立体感
你的样子铺开
你是大地的镜子
水纹在镜子里不紧不慢地后退
土壤里生出的万物
紧跟其后

你是使雪花落在石头上不能融化的风
你是马蹄踏过的风,风里有雪
你是南方不能仰望,只留在
北方大地上的一场风雪

2018 年 1 月 14 日

母亲的窗花

母亲昨夜在窗外
用零下二十摄氏度的冷
剪出冬天的窗花

母亲悄悄把窗花贴在
我的窗子上
等到天亮
窗花在朵朵盛开时
我的母亲
不知去了哪里

2018 年 1 月 14 日

月亮上住着一匹马

月儿圆
月儿亮
我给你担水饮马来

那匹白马有多久没喝水了？
四十年前，外婆
催我起床担水去饮马
至今，我没去

白马住在月亮上
抬头望，月圆时
白马在奔跑
月缺时，白马在吃草
唯独，那里没有水

那匹白马原来靠外婆担水去饮
后来，外婆不在了

月亮再没圆。马儿
一直在月牙里低头吃草
渴了的白马会在
某个夜晚嘶鸣
它的嘶鸣是广阔的金色
整个天空，会洒下余音

       2018 年 1 月 14 日

黑白冷却

庄子是白的
庄子里的鸡鸣狗叫是白的

庄子里的时光也是白的
时光走在小路上的脚步声也是白的

哦,炊烟也是白的
妈妈的唠叨也是白的

白的背面是黑吗?
转过去的时光是黑的吗?

庄子里放出去的那条路的
尽头,是黑的吗?

我在问我的妈妈
我的妈妈不说话

不说话的时候
妈妈是冷的

冷下来的妈妈早已入眠
这时,庄子也冷了

        2018 年 1 月 16 日

庄子

雾气的缝隙里
掩着密不可透的光
光是这个清晨的访客
它在黑暗中
发出对庄子的明亮的问候

红色的玉米缨,花色的蝴蝶翅膀
一旦接受问候
庄子里的水就会慢慢上升
玉米缨的红落在花蝴蝶的翅膀上
庄子是美好的

            2018 年 1 月 18 日

允许你的苍老在空荡时光里深沉

相比于你的草原和天空的鹰
时光是狭隘的,是失明的高度
人间有无数空荡之时
来往的清晨和午后交换着各自的体温
托举起来的大地情怀便会徐徐张开
所有逝去的人正在老去,他们
身后的光阴被一张张鲜活的面容抽空
相比于活在世上的人,苍老不再是
终结者的预言。而是预言
之前的赶赴,赶赴于日子续接
起来的一场风花雪月中
或者,风雪失散中的彼此呼叫

逝者如风。如风一样沉下去的逝者
还在活着,他们在老去,在沉寂
一段时光跪下,草木开始响动
草原上的枯荣和苍鹰的沉浮

在响动中接受礼拜
人世上手持怀念的人也会手持大雪
他们一边让逝者活在自己的心里
一边让大雪作为生活的幕布
允许这空荡中升起来的暮色虚实可循
允许你的白发和你的苍老一起回到暮色

允许残余的时光在腐朽中唤醒所有的死亡
草原开阔而来,大雪开阔而来,上头的
那只苍鹰的眼里盛着时光之芒
盘旋于没有边界的高空之中
它在捕捉逝者以外的生息。它在
生息之间打开一扇不能重启的门扉
一些人只能进去不能出来
一些时光只能深沉下去,而无法归来

2018 年 1 月 29 日

月光化雪，我在人间仰望你的消息

信封在黑夜的中间部分拆开
靠前是月，月光的表面雪花盛开
靠后是雪，留白处落下月光安宁
人间正是丁酉年的腊月
月光下的农历在大雪中无处藏身
一万座大山纷纷朗读这封信件

信上写满白色的雪花，写下
人间思念。我在窑洞的
灶台旁聆听天空的抒情
仰望砖石结构阻挡住的高处
此刻，人间的陕北沟壑逐一
触摸大雪的孤独。山畔上
一只飞得很高的苍鹰
那是来自苍茫深处的消息
我想念的人，梦见的人
住在月光和大雪中的人

你们,看得见我的仰望吗?
我在低处的仰望

2018 年 1 月 30 日

前面的山，别挡我

我出生在大山折叠的皱纹里
呼吸中，春秋的味道里土地贫瘠
我在即将枯竭的水源旁吮吸
光阴瘦了，也需要喝水
前面的山上飘来远方的白云
接近云朵的山头无视我的低处
我在山与山之间依靠薄薄的光阴活下来
那口水，让我喝下光景里所有的苦情

我长大的那些年
十万座大山紧挨着挤进我的年轮
鼓起来的日子一天天把大山挺起
日渐消瘦的我，一天天矮于时光

有一些话说给白云
如果有雨下在某一处的荒凉
前面的山，这就是我的心思

我要出去啊,可是前面的山
挡住了我的去路
我喊一声:前面的山别挡我!
十万座大山纷纷回应:
前面的山别挡我!

2018年2月4日

过年

阳坡上冒出
一星嫩绿的春
那是盛开在
草尖上的安宁
春天从这个正午开始
慢慢散开

我在母亲的窗花里
听到喜鹊红色的叫声
大雪未停
那是母亲剪出的漫天雪花

母亲说这雪是春雪
这喜鹊的叫声
是飞起来的春天

2018 年 2 月 15 日

街道

乡村的一部分被搬到楼与楼之间的稀薄空气里
穿西服的人走得很快,快餐里的土豆叫薯条
生长在黄土里的土豆叫洋芋,自从离开土地
越是接近街道,接近霓虹灯,接近肯德基
它的名字就要被一次次穿上洋装

街道不是原来的两排瓦房店铺腾出的巷子
街道上走的人有点忙,车也忙,快餐店也忙
颜色忙得换来换去,眼睛更忙,忙得红绿灯停不下来

乡村的乡愁被分割,一块在玻璃框子里的模特那儿
一块在高铁站的铁轨上发烫
还有一些在家乡菜馆里变味的菜肴里

慢慢地,有的人停下脚步
他知道,走得越快,剩下的那部分乡村
就消失得越快

如归回望,匆匆的脚步踢碎过往的时光
那些易碎品,一点一点流离在
街道深处的话题之中。而乡愁的远处
一夜间修起成片的高楼

2018 年 2 月 16 日

向阳花

向着太阳,在光芒里选取金贵
然后,一道一道排列在自己的
盘子里。即使这样,还是不依不饶
围着太阳,从早到晚收尽金黄

直到天色漆黑,数一数盘里
由小到大的光芒,它们在
各自的顺序中渐入休息状态
到了午夜,每一粒果实
都是暗淡的光芒
然后,被我们吃下去

2018 年 2 月 18 日

海

即使各种颜色的土被分割
留下来的土汇聚成不同颜色的海
海面上生长着至高无上的天空
如果有雨,落下来的也是
各种颜色的云彩

天很高,人跟人聚在一起
再高的天空也会被触摸
一些流云并未远走,有人
紧随其后,听着熟悉的雨声

海面上,生长着树和故人
生长着河流和飞鸟
而这些生长与水无关
与船无关

2018 年 2 月 18 日

关灯

我要关掉所有的夜灯
包括漂泊在海上的渔火
我关不住散开的星星
关不住能发出金色声音的月亮
我让这个黑夜回到森林
让所有的老虎和狮子找到合适的猎物

我先关掉城市里的灯
留下看不到的拥挤、看不到的
容颜,留下想象的广阔
我要关掉乡村的电灯
留下月牙守夜
留下打铁老汉的火星四溅

最后,我想关掉整个黑夜
让所有的灯火失效它的光亮
让所有害怕灯火的动物回来

让它们在奔跑中渐渐发觉自己的野性

午夜,我被大街上的灯火吵醒
我发现,我只是关了自己的灯

           2018 年 2 月 20 日

本能

水要流,树要长
五谷要成熟
风要吹,雨要下
六畜要长膘

黄土不张口
每天吃草吃水也吃人

2018 年 2 月 22 日

第五辑

上午是通往故乡的另一条路径

陕北

我低下头,看黄土里冒出的
太阳,看太阳在天空中的
光芒发出民谣的声音
声音里住下我的窑洞
一万座大山结伴而来
窑洞里住下素面的故乡
炊烟,是升起的民谚
那是民歌,被我的父亲
唱到最高的上空

一万座大山不是尽头
阳坡上的麦田只等六月的日头
每一座山上站着一个放羊的
三哥哥,每一个三哥哥的对面
站着一个长辫子的四妹妹
这一万座大山上成熟的麦田里
泪眼汪汪的四妹妹只要喊一声陕北
这山峁上,低沟里,半坡上
这六月麦田的麦芒上,就会

此起彼伏地唱起陕北民歌

黄土里年复一年地冒腾腾地长出
一茬又一茬的民歌
每当我的故乡在此沉下去
整个陕北就会隆起光景中的爱与恨
触及最蓝的天，触及麦芒中的细微

这是陕北
无法言表的风景中有山有水
有走西口赶牲灵的三哥哥
有种谷子割麦子的四妹妹

这是陕北
山是黄的，风是黄的，水是黄的
谷子是黄的，麦芒是黄的
这里的书卷泛黄
打开，每一页都是黄色秋风
写下的从古至今的民谣

2018年2月25日

正月十六

年味淡出日常
接下来的日子交给春风

从这个清晨开始
就要回来的青草、花蕾
和蒲公英与高空的蓝天
都将重新入住身体
入住春光

2018 年 2 月 25 日

嘉绒烟火

我在西索村住下陕北的风尘
今夜,你在月光中留住路人
留住了经幡上读过的温暖眼神

阿来是你的儿子
我在蘑菇圈中仰望他的雪马山
山上下来的母亲生火做饭
阿来说,饭熟后的正午
尘埃已落定,父亲的背部
雪白地隆起山的脊梁

今夜,我在一段旅途后住下
住在你的烟火里
如果你是草木江河的母亲
我也是你的儿子
这里的海拔举起我的仰望
母亲的烟火,永远是五谷味

住下无法陌生的熟悉
你的水和石头接通我的体温
我在你的空气里呼吸自然的恩赐
住下一些时光
我是你的儿子
走得再远,都要
让回望穿越千山万水

         2018 年 3 月 5 日

一盏挂起来的灯是高高挂着的孤独

夜空失去方向
以你为中心,亮起一盏灯
黑色的夜越高
高挂的灯就越亮
这孤独的光亮
照不亮周围的山河
你,只是自己的温暖

无家可归的风只好留下来
淡淡的光晕里,盛下薄薄的风
黑色越厚
风就越细,轻轻刺破灯光
破碎的光散开
风慢慢吹走

这盏挂在高处的灯
黑夜越多

它就越亮
风声覆盖周围
灯越高
底下只有风

2018年3月17日

二月二望天

微信好友说
二月二早上起来望天
是在完成一个壮举
我才发现
我们的抬头已经退化到
需要一个仪式来撑起

今天一大早
我透过玻璃窗子望天
望着望着
就望到漫天飞雪
我看看周围
一群龙也在望天
它们是神
一条一条
飞进雪中

我再看看周围
四野白雪茫茫
我的仰望
正被纷纷落下的雪片覆盖

      2018 年 3 月 18 日

黑夜的碎片是对你最好的颂词

此刻，你我都是黑夜的碎片
你看不见我，我看不见你
你我之间的缝隙被另外的碎片填充
深夜，我用时光写下盲文
凸起来的部分是我刻下献给你的颂词

我的颂词是站起来的祈祷
我怕黑夜里的你看不清我在哪里
当我以盲人的手法关闭所有光明后
一个人靠在一片黑夜的背后
重新给你写下黎明，写下春天
写下时光，写下远方
写下无数块碎片上的你

2018 年 3 月 20 日

春天的旧井架

左拐的沟里,一个春天的早晨
昨夜,大风吹乱阳坡上的杏花
花瓣纷乱,落下春天的凋零
一群摄影师转身离开
背对这片正在谢幕的杏花林

坡下井架生锈
耸起金属最后的尊严
没有一个摄影师用镜头拍下
被遗忘的旧井架,而那些
乱了的花,却一片一片
深藏镜头之中

2018 年 3 月 31 日

石头醒来

风在你跟前是安宁的
你在时光的另一个出口
亿万年不过一瞬,山河已改
失效的证词放任你的罪行
你是顽石,不腐朽,不在时光中

遇上一个手持金属的人,他把
自己的魂一凿一凿刻在你的表面
你的安宁从此被时光分解
那些碎屑落下一层,掷地有声
你醒来了,你替那个人说话

2018 年 4 月 7 日

我的诗歌生长在你的烟火中

马匹、盐、小路、民谣以及
你的远方,有些疼的秘密,有些
疼的身体,有些疼的目光
全部在我的诗句中生长
这么多年,长成丛林
丛林里,你的烟火燃烧着
我的诗歌。我的诗句
是离离原上草

在你的盐里尝到布匹的暖
在你的布匹中看到裹不住的疼
你默念一遍生活不如意
我的诗歌就会冷得掉下
所有有温度的词
你,仰望人世上的所有荒凉
是不是看不到自己的烟火
却看到了我的诗歌?

是不是看到
我的诗句里奔跑着你的马匹?

            2018 年 4 月 12 日

火焰的去向

我在深夜点亮灯盏
火焰吞下一片黑
黑越暗,火焰越旺

我在深夜吹灭灯盏
不知去向的火焰
会燃烧哪里的黑暗?

我在白天点亮灯盏
寻找黑夜里高挂的火焰
那光,无限散开
是不是有一簇火焰
盛开成花朵

2018 年 4 月 16 日

手持春风　北方归来

只要大雪过后，只要
北方的轮廓盛满一万里雪白
我的母亲就会在这场祭奠中归来
母亲手持春风，日子次第打开
身后，北方江山滚滚而来

手持春风的母亲，只要
转身，一万里山河就相互唤醒
你看，春风吹过
雪白隐去，母亲开始微笑
眼前春讯四散
直至最远的山峦
也有一株青草向母亲挥手

那是母亲的北方
只要大雪过后，一万条
河流里，就流淌着母亲的春风

2018年4月19日

看见时光

一

空荡荡的碗里仅有的一粒米
是时光遗留给饥饿的说辞
我的童年至今用舌头伸进碗里
试探人间苦乐
春天里最好的不是春光
不是桃花和杏花,而是
略带苦味的野菜和蒲公英

二

是的,这苦涩的童年没有长大
那粒米的味道没散,覆盖着
门对面阳坡上的雨后野菜
我在姐姐身后看见鸟鸣落地
一群水鸟啄着童年,时光
一声声喊疼
姐姐说,过些年,长大了

再疼也能忍住

三
时光走得有点快
我被拉扯大,被打发出门
我听见时光在我的四周说话
它们说米粒和野菜
也说我的姐姐
它们好像什么都知道
说着说着,就把我带到
故乡的另一头,那里
是时光的出口

2018 年 4 月 20 日

火车路过

村里的桃花开了
桃花一开，村里人
抓起黄土就能变成金
提起凉水就能点着灯

两条铁轨并排横穿过芬芳
一些落英是手里的金子
一些落英是熄灭的灯

火车从城市中心出发
递减着繁华与喧哗
它穿过十三个隧道
每一个隧道都是村庄的黑夜
连起来，足够村庄睡一个好觉

桃花还在开，只要
春天如期而来，桃花

就会让春风写下村庄的言辞
如果愿意歌颂
请让路过的每一列火车
在此鸣笛

2018 年 4 月 20 日

杜甫羌村旧居

等到春联被春风唤醒
等到房前的荒草再次在春联中
长出春天的模样。等到,你的
三孔窑洞中的一孔
在另一段时光中坍塌
等到砖块与土坯露出你的心思
等到,一路向北的你
从长安逃亡出来的驴蹄声
声声挂在羌村老槐树上

有人为你接电,给你的窑洞带来光明
家徒四壁的窑洞里装不下唐朝太多的熬苦
一声声发霉的咏叹却躲不过追杀
你在此可否安稳地睡一个唐朝的觉
你在此用长发写下唐朝农事
柴门还在,在鸟雀声里。北风正吹
在远行中,在田野里,在浊酒一杯中

等到羌村有故人归来，有生人路过
等到老槐树一次次枝繁叶茂
你的门已经打开，沿着春联的方向跟进
看见，窑洞里的空旷装下的
都是唐朝的风云

2018年4月29日

秦直道

那是不是长城的魂?沿着
北方的山脊盘踞在白云生处
我紧随其后,在发白的路上蜿蜒

马蹄声纷纷落下,夯实路向北的那一头
森林让路,立在两边的时光掏空云烟
让此刻的安宁拒绝所有的战事
只允许日头的光芒洒下鸟鸣
和荒芜之地的远方。允许这些鸟鸣
携带水和谷子,在时光里种下相思
种下回不去的远方

我是一个孤独的人,我的足迹
在这里落不下一个印记。我很轻
一株草可以生出自己的痕迹,而我
或许是一缕风,吹过来
吹不动这里的安宁

我想住下，选择一个夜晚的星星留下
问它们，为什么这条路废了这么多年
却不让那些流浪的树和草回来住下
为什么这条路的去处被折断时
不远处的长城会掉下一些砖块

2018 年 4 月 29 日

山里

向阳的三孔窑洞
在坡上走进立夏的杨絮
一辆黑色的皮卡车开过
这个夏季来了

草木长在院子里
门对面的圆头峁山上
白云俯身轻语
告诉山下
那条小河从未流走
河水里的蛙鸣正是白云的心思

如果明天早上还有露珠
那些沾水的杨絮
就会挂在淡淡的晨光中
如果有一些提前飘下
也会落在那三孔窑洞的院子里

2018年5月5日

母亲节

白枝花开出碎小的紫花
你的陶罐里装满时光的芬芳
门前,又是五月的正午
那些紫色的花儿一串一串
铺在向北的土路

土路远走,陶罐里挤进你的
足音,长在正午的白枝花
总会在土路前面的拐弯处
开出五月繁华,而你
却从未转身看一眼

2018 年 5 月 12 日

母亲词汇

如今的母亲
是不可碰触的名词
即使被默念
她就会变成动词
走过来

她苦过累过
她历经生死
她是一个形容词啊
如今过多的比喻
比不上她留下的时光

2018 年 5 月 13 日

抬眼相望,你就是海

一

这是被一万座大山
和一万条河流以及森林和路途
隔开的远方
它叫东海蓬莱,它在时光的近处
它用水和时光修路
让大海的姓氏和热爱海洋的人
前往仙岛岱山

二

我在北方之北的陕北
一万条河流向东而去
小岛点灯,无垠的海面上
每一条河流都找到了归宿
你如果转身回望
海滩上、小岛上、飞鸟的

翅膀上,以及蓝色的空气里
正盛开着我的言辞

三

时光在你的岛上
种下蓝。蓝到每一处空白
蓝透与我有关的日子

当你浪花飞溅
我的天空就会白云朵朵
你是我抬头就能看见的蔚蓝
三千里路程不算远
就在抬眼相望中

四

时光放马,你在远处
一万年追你
蓝色的马蹄声溅起蓝色的时光
你不用回头。蓝色的岛屿上
有一轮明月升起

你的名字挂在天空
我的大山撑起你的辽阔

2018 年 5 月 21 日

飞机飞得有多高,人间就有多高

天空展开想象,穿行在
白云缝隙里的飞机
无法抵达一个边界
人间再高,也触摸不到最高处

这么高的地方看不到土地和河流
我的五谷要种到哪里?
我的布匹怎么能遮得住这么高的寒冷?
飞机上有一份报纸
报纸上写着伊拉克的人肉炸弹
密密麻麻的字里就有硝烟味飘出来
我的布匹正被一点点烧着

这么高的荒凉中
渐行渐远的飞机要去哪里?
人间不能太高啊

土地与河流无法飞到空中
歇脚的老石头不会长出翅膀飞起来

2018 年 6 月 11 日

重口音

出口的话,就是五谷的长势
头发上落下一群讲土话的麻雀
我走到哪里
脚底生根,根须就是深埋的乡音

吃过的盐比吃过的米多
母亲的指纹里交错着古老的口音
多余的味道是苦和辣
在母亲的口音里留下盐的尾音

母亲用她的苦日子把我养活大
教我说话,教我做事
让我走到哪里
都要带着母亲的口音

2018 年 6 月 14 日

十年前后

十年前的 5 月 12 日下午
一块巨大的石头滚下来
面向岷江,背靠崩裂的大山
稳稳地站在一个向北的地方
它望山河破碎,望这里的
大地一步步远离天空

十年后我站到你跟前
汶川的钟声里回响着
震亡孩子与母亲的阴阳对白
我接住此刻的细雨,交给
重复绽放的黄色的野菊花
交给在另一个地方已经长大的孩子

十年就是昨天
烛光里的汶川听见熟悉的声音
妈妈,那些花儿就是我

雨中,石头的心碎了
每一块心碎的石头
都是遇难者来不及说出的遗言

2018 年 6 月 17 日

人模人样

五官精致
四肢发达
衣服得体
言行相顾
人的模样立起来

吃进去的菜和肉
喝进去的水和酒
都变成人肉人骨头
最终要变成人的模样

一些头发是不是蔬菜?
一些骨头和肉是不是畜生?
一些心思是不是昼伏夜出?

2018 年 6 月 20 日

黄龙溪男孩

奔跑在雨中的面包车
被雨中奔跑的男孩喊停

车门打开,一个人上车
站在车门外的男孩等车开走
他一转身跑回
雨很大,他的头发湿了

那个上车的陌生人就是我
这个男孩刚才在十字路口
为我喊停前往彭山的面包车

2018 年 6 月 21 日

回去

被埋进土里头的月光没有熄灭
落叶就能找到黑夜的出口

那些张开嘴巴的树和水
那些一直饿着的鸟和风
那些落叶和月光,土和路
也张开嘴巴。那些蚂蚁和石头
露出红舌头和牙齿

被推进火里头的影子强忍疼痛
时光,被反复熔炼
天大亮,时光带你回去
所有的嘴巴慢慢闭合

2018 年 7 月 9 日

老家庙会

台上密集的敲锣声"清场"后的空旷
大幕徐徐拉开人间虚实之事
消失的人群带走此时的烟火
你看那留在台子上的色彩
试图复制村前村后的日出日落
正被神意弥漫的田地
生长着一茬又一茬的十年九旱

2018 年 7 月 21 日

附属

鸟鸣失足,跌倒在一片叶上
叶子太轻,承载不起的滑落
在此刻成为另一个动词
让这个清晨的鸟鸣懂得离开

天空太轻,那么多
高过头顶的事物遥望土地
白天的太阳和苍鹰,晚上的
繁星和睡去的云彩以及好动的风
终究要落下来。天空再高
也是夜色低沉时可随手触摸的高度

每一声鸟鸣都是鸟的附属
如同花瓣是枝条的附属
海水是盐的附属,盐是人的
附属。如同白昼是黑夜的附属
如同你我是彼此的附属
如同你我最终都是土地的附属

2018年7月28日

到了秋天,大地就空旷了很多

石头内心的安宁,没有任何缝隙
以至于它的表面长出时光的青苔
却无法打开牢固的秘密

江咀沟的一棵杜梨树挂满
金色的泪珠,那是月亮的悲伤
是石头亿万年来陪着月亮的眼泪

这个秋天被时光目睹良久
月亮眼里是石头的仰望
石头眼中是时光的散开
相互打量,成为彼此的道具
秋天,成为它们各自的幕布
幕布上风起云涌,各种果实隐于风雨

所有的事情在此成为时光的道具
这条山大沟深的江咀沟也是

时光允许此刻的风雨被命名为秋天
允许已经腐朽的往日继续沉沦
允许那些已经逝去的永不复返
允许所有的道具回到石头的内心
允许这个秋天的风雨代言大地的辽阔

允许大地上只留下月亮的金黄
在空旷的时光中化作泪点,洒落
在江咀沟的那棵杜梨树上

2018 年 8 月 3 日

燃烧的洪水

火焰从山谷和河底蹿起
火焰,是来自天空的预言

一片天空在预言中沉沦
那些火焰在洪水的浪头
正在流经我此刻的大地

2018年8月7日

秦腔

相比于陕北民歌
秦腔的拐弯处有愁苦的低音
那一声吼过一声的高音
最先抵达的是人间烟火中的爱恨
八百里秦川的麦子纷纷倒在六月
陕北的羊肉熟了
新麦子炖羊肉的六月六
一群蹲着的人要不吼秦腔
要不站在山峁上唱陕北民歌

相比于酸甜苦辣
秦腔的味道里有一股羊膻味
那生长在民歌里的山羊
转身北望
便是万座大山连着的黄土高坡

2018年8月17日

平顶山有一片固执的海

8月24日早上起来
拉开窗帘,海一样的水
铺下北方缺水的意外
一些苍茫被鸟衔来
很薄很轻的时光
覆在水面,盛满低处的陌生

25日的夜色淡去所有的黑
那片被我命名的海水没有咸味
它的固执让月光守到午夜
一盏渔火轻声经过
窗户上留下夜色的温度

我在平顶山的身后
眼前的山沉入海水,隆起平静
到了晚上,所有的事物转身走开
这片固执的海紧靠北岸

岸上人,已经回到
这个秋天北方以北的雨中

        2018 年 8 月 31 日

流年何往

隐退在时光倒流的词汇中
这些被固化的含义和注解
一起前往水声逆流的地方
寻找对应的人和对应的事

正午在时光中无法蒸发
这条岸总会在这个时候等到

2018 年 9 月 5 日

少林寺

进山门,已是秋天
通往大雄宝殿的路两旁
鸳鸯树已经开过花
这些秋天的果实,树下
无缘法的人一群又一群路过

武术有另外的说辞
允许这里的和尚只守住
戒律底线:不结婚。可以
喝酒,可以开荤戒
这里的和尚真好啊
人间情长,受戒的某处
有鸳鸯树来完成爱情

靠近右边的那棵光棍树
已有百年,三只鸽子落下
好像捡吃我们看不见的果实

2018年9月9日

在平顶山石榴园

与草木在高处相逢
石榴园的竹子长势更好一些
那些竹子认出我是陌生人
纷纷伸出指头
分割着我的影子

阳光做的青砖
铺下一条往返的路
我试图穿过竹林
来回的脚步再次深陷光芒

秋风已经结出果实
我手执秋风
平分给每一处秋色
让每一片落叶回到自己的田野

2018 年 9 月 14 日

海之南的波涛扶起我的注目

一

我先从海之南的南边铺下眼睛的光芒
让三沙的天空与白云聆听我的目光徐徐而落
朝阳和夕阳交换着位置,升起
海面上金色的波涛
我的目光被镀金,一眼望去
高处的蓝与白,低处的金色波涛
恰似海南三十年的时光之影
一如大海上扶起所有人的注目
蔚蓝色的水平线,镀金的瞭望
看得出光芒之中的所有色彩

三沙1号载着一个晚上的波涛声
在你蓝与白交织下的月光里
盛开着大海的奔腾
我将目光收回
用每一根头发去听船舷之外的此刻光阴

我的宁静在波涛声里高高隆起
迎接月光洒下的一万里问候

二
这里是海南的水域一角
停泊的三沙1号上走下我的仰望
成排的椰树触摸到天空的秘密
为什么水陆相接的这一方水土
呈现出三十年时光变迁后的繁荣？
海南，被大海赋予美好光阴的平面图上
立体般地站立起理想的高度
三十年，没有沧桑巨变
有的是海水更蓝，白云更白
理想在草木之中
目睹城市与乡村的成长
我不是旁观者
我的注目正在波涛起伏的曲线中
渐渐被扶起

三
这里是中国的热带
海岸线分割出的人间美景

被一个名叫三亚的地方——收尽

作为海之南炽热的一部分
我的目光在此远眺
最南边的海域里究竟苍茫了多少往事
三十年不长,长不过东海的海岸线
三十年浸润在大海里的时光
从三亚的热度中
正散发出滚烫的海南激情

浪花之上,海南跳着水的舞蹈
舞蹈之上,天空落座白云
观看人间盛况
浩瀚的万里海面上
海南是最好的舞蹈家
无垠的舞台上欢腾着三十年时光的
后浪推前浪,和节节攀升的大海高度

四
海之南,一场波涛盛会在持续
这些高过时光的波涛在
琼州海峡、北部湾、南海的时光中

抚摸着每一寸海南的土地
长高的树上挂满三十年海南时光的蓝与白
这蓝色的海水和天
这白色的浪花和云
这时光中留下的最美的色彩里
我的注目在海南的奔腾中
凝固于另一个高度

那里是云端的俯视
云之下,波涛的呼吸
让整个海之南生机勃勃
我的眼神里长满大地翠绿
三十年,你的飞翔在大海上
在天空中,在丛林间
在海南时光的蓝与白中
我是你的注目者
在波涛中凝固地注目
注定是你的仰望者

五
一个岛屿的人间繁华
一片水陆交融的繁华现场

我看到的是
天空与海面，海面与大地
草木与城乡，城乡与人
繁华与诗意的交融

三十年时光瑰丽
三十年之后
我还要来到你
洒下波涛的大海之中

我要在你的繁华中
留下目光中不可缺少的专注
即使远隔千山万水
在那里，我也是留在你现场的
注目行礼者

2018 年 9 月 19 日

我是母亲的回声

只要母亲唤出
我的乳名
天空的芬芳就会
覆盖住你的声音
草叶上,山坡上,溪水里
飞鸟的翅膀上,路过的月光里
你的呼唤被一一应答

你听到的回声
就是我的应答
无处不在的我
却不知道你在哪里

2018 年 9 月 26 日

白马寺

那匹白马长出翅膀
它的飞翔在风里念出禅语
这个黄昏深陷辽阔
向南的门扉微闭，一些
禅语出门散开
渡过四方山河

牡丹年年盛开
白马转身，洛阳城里
走过一支迎亲队伍
人间美好，升起烟火

2018年9月29日

胡杨,是沙漠留下的遗言

十月二日正午
在黑城怪树林大门前摊点
五十元买了一个胡杨笔筒
细细端详,看着看着
笔筒里就盛满沙漠和正午
长出一片秋天的胡杨

这里是额济纳的沙漠
土壤里挤出的水分足够养活
三千年的时光
那些摆出死亡方阵的胡杨
是沙漠留下的横七竖八的遗言

2018年10月2日

胡杨

一千一百多公里的时光
需要三千年以上的路程才能
抵达。子长,是你的另一个起点
我打马而来,戈壁滩上的辽阔
举起一万里晴空

还是这个正午
额济纳的沙漠与水互为背景
你以植物的高度,站起
三千年的不朽
阳光是稀释后的黄金
那些浓度全部落在秋天的叶片上
此刻,时光被你命名为胡杨

2018 年 10 月 5 日

菊花开,菊花上山坡

一

我把秋风深藏
我把向阳的山坡安放在另一面
我把时光交给另一段时光
我让每一朵盛开的菊花
读出你的容颜
我让深藏的秋风贴伏在你的山坡
我让每一片花瓣上
落下你的江河与落日

我来到你的影子之中
我是与你虚实并在的另一个人

二

在那个高处
我用菊花的芬芳识别方向
我的先人统统居住在这里

这里,阳光是一面镜子
他们每天头插菊花
走上山坡,望着炊烟升起
望着一万里人世苦乐

我试图唤醒熟睡的一些人
试图让每一朵菊花扶起辽阔的沉寂
试图让我的秋风看看镜子
看看阳光中那些倒下和站立的事物
看看这个高处的人间

三
菊花开
菊花上山坡
山坡上沉潜着多余的世界
世界里的秋天正是九月九
菊花带路
所有的故去和重生在此相逢
菊花已开
山坡上的阳光还是镜子

镜子里的秋风已被深藏

我用双手接住凋零
接不住下沉的时光
那些盛开的
不是唯一的菊花
而那些凋零的也不是菊花
我在此，在自己的低处抬眼
用目光触及坡上的生动
用目光送达至高的仰望

2018 年 10 月 16 日

阳关

转身就是独木桥
转身就是荒漠,就是
残阳如血的北方之北

向前走吧,大路朝天
即使夕阳西下,心中装满正午

驼队向前,驼峰上落座的人和事
打破沙丘的弧形。这些不计较
天气的开阔啊,继续向前
除非黑暗在夜色里
转身。除非这身后的夜色
在独木桥上摇摇晃晃地走着

2018 年 11 月 1 日

王道士的莫高窟

石崖上数百个洞里的景象
被王道士一一清点
端坐的佛和顶上的藻井,以及
四壁的画,画上的彩色的颜料
都是王道士目光外的浮云

石窟外粗壮的白杨树向四方发力
最高的枝叶,留下王道士俯视的目光
那个藏经洞的石缝至今夹着
敦煌
飞天
莫高窟
王道士

2018 年 11 月 3 日

镜子里的秋天

时光泛黄
所有的叶子落下
繁星点点。人影密集
一个一个也在泛黄

一盏灯,收留夜色之光
淡开的镜子里
只有一条路径可以抵达
这个秋天的孤独

谁去手执额外的喧哗?
谁的镜子里注定会
沉下泛黄的孤独?

2018 年 11 月 7 日

不想说

谈到理想
日子就会追上落空的时间
深陷于空,靠前,有没有岸?
说起往事
不用转身,那里就是多年虚度
如果落脚,会不会落在时光之中?
谈到这一生
眼前就是天堂
那条走过的路和前面的路
分割了光明与黑暗

2018 年 11 月 11 日

今夜读书，每一个汉字如同雪花盛开在书页上

转身，一处灯火淡出。夜色四顾
每一个方向都是相同的空旷
一本书打开茶盏和灯盏的热与光
从不同的方位徐徐而来

至高的事物为黑夜垫底
那些沉下去的经年并没有腐朽
所有的时光在书页中复活
这些像极了万物的汉字，它们
离开纸面，穿梭于民间
懂得人情世故，懂得人心善恶

今夜，我让每一朵雪花
盛开在书页上。我懂得如何
赞美今夜的天气和书中的泛黄
懂得所有的修辞只适合有雪的冬天

2018年11月14日

上午是通往故乡的另一条路径

故乡的石头在第一场雪中放下负担
安静下来吧,留下影子的嘈杂和奔跑
留下雪片的温度,留下这不再凋谢的盛开

睡过今晚,大地会准时亮出草木山河
我的乡下也不例外,这个上午
逝去的亲人往回赶,割倒的谷子站起来
雪片是石头的羽毛,飞在空中
正好是这个上午,传来多年前的佳音
我喜欢回望那片谷地,春天是春天的样子
到了冬天,故乡长出五谷的样子
石头上刻下影子说不出的思念

2018 年 11 月 17 日

在北京,每天清晨被喜鹊叫醒

初冬的北京,没有下一场陕北的雪
消失在我童年的喜鹊,原来到了北京
它用乡音叫醒我的清晨,却叫不醒
陕北的雪。2016年春天芍药居的
鲁迅文学院、今年初冬顺义区某疗养院和
北京西站的7天连锁店都被这乡音一一叫醒

我用手机拍它的身影,不料拍到了它的
叫声。它的叫声是蓝白相间的收拢与张开
今天早上北京的天很蓝,放任的辽阔
越过头顶,如一场看不到边界的大雪
天越大,喜鹊就会叫得越响;雪越大,
北京的乡愁就会一片一片张开羽毛

2018年11月23日

天空太大,众神孤独

高处,遥不可及的高处
生长着上帝手植的云朵
云朵之上,看不完的蓝和
看不尽的星辰。天还在高
那么多的神仙去哪儿了?

琼楼和蟠桃树,天兵天将和
高速公路,屋顶的炊烟
那些无法预料的五谷长势
还有百度不能回答的天机
这些,都在哪儿?

神仙在最高处吧,他们的城市
有没有农民工和富二代?我是
肉体凡胎,看不到他们的繁华
这么大的地盘,他们无法占满
空出来的辽阔越看越空
原来这是他们的孤独

2018 年 11 月 26 日

黑夜,持平

光芒也累,它需要平躺着
睡上八个小时。该累的都会累
草木回去,山河也回去
石头上生长的所有呼吸也会累
它们回到原来的时候
在八小时内解除陌生和警觉
它们融为一体,一起平躺

只要光芒累了,一切都会累倒
看见的和看不见的都在睡觉
一旦入眠,光芒中的高与低
白与黑、冷与热,它们相互抵消
各自的属性。它们
都是光芒之外的劳累者

2018 年 12 月 22 日

时间炎症

每一个局部
都掩盖着疼的秘密
有的疼找到出口,有的
藏到秘密的深处

时间很大,所有的
局部一再获得重生和沉默
时间永不停息
时间,就是空气和粮食

时间更是一个人
而我们是时间的炎症
伤口好了,结痂就掉了

2019 年 1 月 9 日

枯萎

这些干枯失去水分已久
那些呼吸中的易燃品,隐藏
于空气之中。空气是一个箱子
所有的窒息在此试图获得救赎

没有人承认你的芬芳来自花朵
眼前的隆冬陈列着一个接一个的凋敝
那些盛开正在以祭奠的方式
触及严寒的温度,而温暖的中央
燃烧着一次次枯萎的寓言

这,只是来自一场虚构的寓言

整个静下来的冬季抬起头
一万座大山素面相望
这个错过盛开的隆冬正在
忘却来自天空的芬芳

2019 年 1 月 18 日

下雪天不冷

天空和大地互换秘密
所有的白就会重新站起
秀延河畔的石椅子上坐下拥挤的白
熬不到天亮的斜拉桥夜灯
把黑夜渐渐关闭

这条结冰的秀延河一路前行
路过我的黎明和忧郁
你在另一个秘密的高处
获取冬天的指令
拒绝寒冷的路径通往春天
每一朵雪花
都是有温度的盛开

2019 年 1 月 31 日

春天颂词

过年这一天
带上儿子和女儿从小镇回到老家看父母
遇上立春,阳光此刻温暖着空气
我们的呼吸来自光芒的哺育

不再言传的父母推出整个春天
这是献给我们的颂词
颂词里写着父母的苦难
写着春风里渐渐长大的儿孙

我们每年都要回来看看安宁的父母
他们哪儿也不去,在此看护春天
草木一年又一年返青,阳光一年比一年明媚
我的父母从来就是勤奋的人
他们手持颂词
从不错过每一个有关春天的日子

2019 年 2 月 4 日

己亥年正月初一

陌生的人还在路上吧
故乡的门关不住春风
这是你的归期。你的异乡
是不是也在春天里？

我在祝福本命年的女儿
祝福这即将来临的雪花
我知道，阳春白雪中的故乡
是陌生人和我的亲人想要回去的地方

我在今年的第一天重新热爱生活
爱陌生人在路上的见闻
爱故乡被布谷鸟叫醒的时令
我还爱，这一年徐徐而来的每一天

2019 年 2 月 5 日

雪自杀

立春之日,春风里
最白的事物白来一场
这是雪,一旦盛开
就会匆匆自杀

苍天生发,发如雪
这些无效的飞扬
在下沉中消失
最低的空中
是最大的自杀现场
那么,高处的机器里
还要加工多少绽放?

2019年2月20日

万家灯火时,你是哪一盏

今天,你的草木是不是
早先一步获得春风
今天,我在春风之前看你
一一点过的花蕾在黑夜来临时
做好盛开的准备

夜色铺开一片无限
黑夜黑了我的方向
我的江河在你的方向里沦陷
春风转身
这些即将打开芬芳的花蕾亮了灯盏
我也转身,预知的春风
可否告诉我
万家灯火时,你是哪一盏

2019 年 2 月 21 日

生命里种下死亡的石头

这些阳光只能照到另一面的阴影
这些只适合生长在土壤里的石头
这些被草木枯荣过的土壤里
种下这么多石头的棱角和打磨
那土壤里有一块站起来再倒下的石头
这些年年在新旧更替的石头上
写着风雪,写着日月和人的名字
写着人间烟火事,写着
生与死的年月日

2019年2月22日

第六辑

风是黑夜的
领路者

风是黑夜的领路者

风提着马灯,带它
走到黎明的跟前
所有的路口就找到了方向
我也许会迷失在明天,但我
不需要一场大雪倾诉孤独
如果风在,我就要在你的名字里
点亮灯火万千
回到路口的远望之中

请给我的灵魂命名吧
如同那盏马灯上闪烁的火苗
被命名为"奔跑"的黎明
这些无所依靠的影子,可以
离开黑夜,重新回到光芒之中

2019 年 3 月 10 日

所有的盛开找不到芬芳

科技六路的梅花开了
玉兰花开出的白大于梅花的红
这些叫不出名字的花,趁着夜色
口若灿莲地说出自己的花期
它们交织着在雾霾中盛开
试图超过水彩笔的十二种颜色

即使不刮风,花瓣也要落下
散发不出芬芳的凋谢过程
都是失败的绽放
而我希望,你是一只布谷鸟
口衔曙光在黑夜中飞来

2019 年 3 月 17 日

在春天回来的人

墙角的韭菜冒出阳光的绿
母亲躬身，接住落在窗台上的
麻雀叫声。门对面的山梁上
飞起老鹰的蓝，天空散开
母亲抬头，目光里装下
最大的辽阔。阳光如风
自高而下轻抚着回暖的春

这是母亲的春天
河水和石头一起回来
母亲躬身开门
接回熟悉的山河

2019 年 3 月 18 日

黄山

石阶上的脚痕很平很光
风声自松涛而下,层层
跌落在脚痕的平面上
有拄着拐杖的年轻人,一个
接一个地切入风景
风雨来了,他们赶紧散开
台阶空了,黄山入画
第二天早上
云海里走出光芒
普照着光明顶看日出的人

2019 年 4 月 9 日

清明后的婺源

去思溪延村的路两旁的田野里
近一人高的油菜结籽了
姓汪的司机师傅说,早来两天
就能看到大片的油菜花

褪色的婺源里
我与江湾镇汪口、晓起的徽派房子
——对证清明前的油菜花
有没有往年的金黄

2019 年 4 月 11 日

空中的飞机是孤独的另一个高度

客舱里的人群一点也不喧哗
他们的安宁来自一个高度的升级
发动机把响声置入天空，云朵
不会受惊，云朵是围观者

四周的蓝无限度地过渡着无边界的疆域
飞机是白色的飞行，速度被辽阔低估
正如这孤独的另一个高度
是客舱里的人群无法触及的安宁

2019 年 4 月 12 日

名字

那只身缠黄黑条纹的动物叫老虎
老虎吃野牛斑马羚羊,吃很多有名字的动物
飞在空中的鸟叫老鹰叫喜鹊叫燕子
它们相互认识却不知道对方的名字
它们甚至不知道自己是鸟,它们不需要名字
那向低处流去的液体叫水叫河叫江叫大海
这些叫石头的硬物,叫树叫草叫花的植物
这些眼前的一切都被我们命名

所有的名字都是人给起的
它们的日常也被人介入
人由此获取它们的秘密

2019 年 5 月 9 日

孤独

你不可能站成一棵树
如同二道街不可阻止的车流
那些交织在一起的喧嚣是孤独的
正如你此刻的疼也是一种孤独

结伴而来的树把感情
植入土壤之中,它们根脉相牵
站成时光的另一种姿态
它们排列出挺直的表达

你不是一棵树,但是你能听懂
它们的话,只要聊起春天
绿叶和野桃花就要赶过来
春天也是孤独的
花开孤独,山风孤独,路孤独
它们聊过的那些话,也是孤独的
我想念的那些人不知道在干什么

2019 年 5 月 9 日

槐花开

母亲把芬芳种在旧时光里
此后,在每年农历四月的一个正午
她喊着我的乳名带我收割成熟的光芒

这有高度的光芒
就是母亲种下的芬芳
今天,槐花打开初夏的窗户

槐花开在正午
万重山与万条河散开距离
农历四月,是这些距离不可逾越的跨度

母亲身着黑衣
在时光中返回村道
眼前和身后,白色的槐花开得正盛

2019 年 5 月 11 日

早上起来,看见树

山上的土路以蜿蜒的方式
邀请晨露里破土的鸟鸣,初夏
在一万座大山中徐徐铺下朝阳

山坡上的三孔窑洞打开双扇木门
破门而入的乡野鸟鸣带来雨水
今年,院墙里外的树跟往年一样
在新叶中由浅到深地过渡眼前的时光

这样的早上,窑洞左侧的老杏树
花期刚过,挂在叶片中的鸟鸣守住
一缕光。这些分布在时光中的树
把自己的位置交给早上
早上,看见大树小树努力指明四方路径
世界这么好,都来吧

2019年5月19日

石油时光

一

北方之北
看白云生处
黄河登天，北方界限腾空
触摸一百年风雨
时光以石油的名义
在这里苦难过、燃烧过、重生过

这里是中国石油的出生地
在黄河之滨
在黄土高坡
在时光深处回望的那个小山村
石油，在蓝色的火苗中
生长出火红的山丹丹
延长石油，在此
将这束山丹丹花献给
一百多年时光中的中国石油

从此，天空打开另一段时光
让所有的空间退出喧闹
让白云和鸟飞翔
让独自熟透的光芒
给整个世界注入血液

如今，中国陆上第一口油井
仍然在转动着精神滑轮
抽出大地深处的石油时光
抽出盐、布匹、粮食以及
报纸、音乐和江河、山川

二
石油的光芒由金属锻造
铁，被一个人重新赋予内涵
王进喜，这个被铁重新解读的人
在石油时光中
他与铁，一并淬炼成新的金属
在新的属性里镌刻下：铁人精神

石油，有了一个新的姓氏和名字
它的姓氏是铁人，名字叫王进喜
铁人王进喜
以液态的意志流淌在大地的精神之铁
成为中国石油埋头苦干的新高度

在时光的苦里
在大地之下的遥远年代
你超度所有的苦难，并于此
盘活历史，唤醒更多向前的脚步
你是铁人，你的脚步从未停息

三
大地是大海的骨骼
石油是骨骼里的钙质
那么，王进喜是海水的结痂
一个身体的伤口
需要愈合，需要触及森林和鱼群
需要腐朽作为底色
需要在重生中唤醒大海的波澜

时光也有伤口

时光再硬,伤口也会疼

一百多年的时光中

海水的伤口被风雨打湿

时光的伤口陈列着往事

每一道伤口都需要愈合

铁人精神是这个伤口上最好的药

让祖国的石油涓流变成奔流

让祖国大地撑起十万座大山

愈合,石油时光中最深情的动词

它是王进喜跳进泥浆池,用身体

搅拌零下三十多摄氏度寒冷的那个动词

它包含了岩石与鱼类等诸多石油来源

有着亿万年记忆的动词

那么,这广阔的石油时光里

你站成一道分水岭

身后是古老的伤口

身前是崭新的面貌

四

散去的荒芜，或者繁芜
散去的时光和那些陈旧
正在下沉，它们
沉到最下面，与石油时光一同发酵
在发酵中找到火
找到石油与时光之间燃烧的坐标

在散布开的时光中紧跟石油
在时光不能凋零的繁华中
行走成属于石油的光芒
在光芒中加足马力
继续向前，前面是北方之北
是风雨中不可转身的一道道光芒
是好时光中不能停下的一草一木

五
石油燃烧

蓝色的火苗又红了
红的背面,也是红的正面
不管哪一面
都是山丹丹花盛开的季节

时光问:能不能用自己的身体承受你的重苦
用自己的眼睛收入你的风霜碎片?

燃烧吧,你的时光
你是铁人
你的精神一直在燃烧中升华
当你一次次从那个坐标出发
所有的北方就是石油时光留下的足迹

2019 年 5 月 25 日

体内

弯曲的路试图给延伸提速
黑夜是另一种速度
它在不知情的向前中
让出水分和星光

我在途中遇上火车和飞机
遇上轮船和汽车,它们成为
每一个远方的终点
它们是一条条奔跑的路

我也是一条路
在途中遇上时光里的曲折
遇上草原和马匹
我是一条干枯的路
如果沙漠给我一滴水
我的体内不再荒芜

2019年6月4日

端午节替父亲请客

粽叶上的牙痕来自传说的证词
陕北端午,粽叶包裹住的小米与红枣
也做证词。人间有爱,再远的人都会走近

山坡向阳,青草茂盛处住下的人一直在此
我多带几个粽子,多带点纸钱,多带点好吃的
我在父亲的旁边画一个圈,这个圈就是饭桌
我在饭桌上摆下好烟好酒好吃的
我点响一挂鞭炮,这是替父亲发出邀请
请熟悉的人和陌生的人,请富人和穷人
请无依无靠的流浪汉和所有路过这里的人
吃饭喝酒抽烟聊天

早起的父亲到河边采艾草去了吧
他要给左邻右舍的门前放一把艾草消灾免难
那么多年了,最后一把艾草早就风干

门前的艾香从来没有散去
人间冷暖,我替父亲一一体验

      2019 年 6 月 7 日

白枝花顺着山路开到油井场

天气真好,蜿蜒处遇上夏天
它在一个坡度,升高芬芳

白枝花是一句方言,这盛开的花香
就是它的问候,它问候山路
山路是大山的绳索,解开时光
问候从低处到达正午的开阔

路,通往山腰,通往山顶,通往
紫色的花中。能够到达的地方也许很多
通往油井场唯一的路径顺着花开的方向
天气真好
开出紫色芬芳的白枝花顺着山路
把这个夏天的秘密——解开

2019 年 6 月 11 日

书法

大雪隐于纷纷落下的孤独之中
这个正午,空荡荡的四面八方搬出椅子
让旷野和风雨,让山水和朝夕——落座

他叫采油工,他在胸前种下一株
山丹丹,他用毛笔写下草木和时光
写下一百多年从不凋谢的红

他在山岗上写下风,他在白纸上写下雪
风声里听得见山路向北,雪色中看得见故人归来
他叫采油工,名字里写下自己的春秋

他是书法家,他在夜色里写下自己的思念
思念是两朵花
白的那朵叫妻子,红的这朵是女儿

2019 年 6 月 19 日

寨二井

烟火正浓,人间杂陈不是摆设
青木迎来晴空,再高的山上
也是这六月里随手触及的日常

几个女子守在这里营生
她们给抽油机穿上红色的工衣
她们在每一天清晨给大山披上曙光

她们是女子采油组,当有关石油的事物
被一一经手,寨二井的井场里的树及其他
就有了另一个高度

2019年6月24日

英雄

脚下的黄土还有一种颜色
那是红,血一样的红在深处
山上的树长得比山高,它是复苏
山高水长的一种记忆

有两个英雄是好兄弟
他们一个在秀延河,一个在洛河
中间的万重山越过苦难和黑暗
他们握手,一起攥紧手心的光明

更深处有一种接近光明的黑
需要红一样的色彩去寻找
那是石油,像英雄般燃烧和牺牲

洛河畔的寨科采油队、吊坪采油队
秀延河畔的余家坪指挥部,他们都是
山水间深情的石油故事,在这里

它们高高挺起树一样的红色记忆
和山头一样的绿油油的水色

2019 年 6 月 25 日

一窝又一窝的燕子

洛河有石头,石头比水大
燕子飞过石头,燕子回到吊坪
屋檐下挂着春天的风景
你从河边来,岸上开满山丹丹

房前洛河,河流从此向东
你的屋檐二十个,一个屋檐一窝燕
宜居这个词,正被燕子从南到北解读

吊坪采油队,这一窝又一窝与石油
相关的燕子,年年把春天从南方带过来
燕子往返,这里的春天从未缺席

2019 年 6 月 25 日

水,是一样的水

里面的铁、里面的血液,以及出窍的魂
铁的硬和腐朽,铁的锋利和冷
血液是魂说出来的话的颜色
字字句句都是正在燃烧的沸腾

你盘踞,你腾空,你向东
你外面的绸缎和火焰以及呼吸
你是一片辽阔的想象
你液态的世界里,植物是石头的生长
生命是长久的流传,不可放弃的屈伸
时高时低,放任在时光的逆行之中

你是水,如果交给
北方和雷电,你是山洪
交给江南,你是小桥流水
水,是一样的水

从高而下,你是瀑布,你是风景
泼在别人身上,你是脏水,你是暴力

2019 年 6 月 26 日

我有欢颜

人间人多,草木四顾处
马蹄声踏遍青山
时光深陷,那么多的喧哗正被过滤
有人欢喜,有人把忧愁当作粮食吞下

一万匹骏马来自欢乐
它们越过万重山,越过人间苦难
它们的草料是月光,月光里
藏着无穷光芒,一万座大山被点亮
人间万家灯火时,马蹄声正急

我的夜深人静,我的四壁荒凉
人间繁华如夜,头顶繁星互道珍重
我转身,身后苍茫
就是我的欢颜

2019 年 6 月 28 日

黄土是什么

铁太久，被涂上锈迹
被一点一点粉碎
老石头再顽，时间安排风去削它
风停下，是黄土的颜色
时间也是黄土的颜色
时间是粉碎机

草木在一年又一年的死而复生中
留一些灰烬化为黄土，留一些种子生长时间
蓝天也要化成土，再蓝，落下来
也是黄土的颜色
水死了，河床上的黄土就是水的标本
山活着，时间在土壤里把根深扎

人也会在时间的齿轮间化成土
时间是铁做的，最终
要把自己粉碎，时间也是黄土

2019 年 7 月 14 日

天空那么蓝,白云去哪儿了

子长七月,写在谷穗上的农历目睹
日渐饱满的日子低下头,风声送来问候
农历与谷穗握手风声,它们的田野
在问候中铺下头顶的光

天很高,最高处是放任的蓝
子长的蓝在这么高的光芒中俯视农历
我的家在田野里安顿好每一个正午

那么,白云去哪儿了?
这么蓝的天空当成农历的屋顶
屋顶上的白云何时离开
看不见的远方有农历的蓝吗?

2019 年 7 月 14 日

喜鹊有群山一片

你的翅膀盘旋成群山的坐标
你的子孙在群山上生息
它们在一万里之遥的地方奔跑
它们在翅膀下奔跑

它们凝视森林的内心
这些一座连着一座的大山
是森林的遗骸
它们在黑夜问及白昼的去向

喜鹊在攀升中触及时光的厚度
它们仰望上苍,至高的空中群山出列
这一片大山像一片大海
苍茫间,让迷途的喜鹊
重新回到远方

2019 年 7 月 22 日

陌生

石头和草木是陌生的
水和山头是陌生的
开了的花和谢了的花是陌生的
飞机的尾巴和火车的铁轨是陌生的

他们居住的房子是陌生的
月光下的水塘是陌生的
他们的方言和鱼虾是陌生的
他们是陌生的

我看见自己是陌生的
我的村庄和磨刀石是陌生的
农历四月八的庙会是陌生的
父母坟头吹弯荒草的风是陌生的

时间这么薄
能不能挡住眼前的陌生？
路这么长
让它去熟悉这些陌生

2019 年 7 月 31 日

石油事物

石芯

土壤里生出亿万年的时光
你是时光的骨骼
骨骼里聚着骨气
你在黑暗中用骨气点亮灯盏
让光明以石头的名义
燃烧在大地深层

你的燃烧
让黑暗找到出口的路标
你以坚定的方向
给石油找到出路
你是大地深处最高贵的秘密

卡片

魏墙煤业的会议室
每一张桌子的右上角

贴着醒目的卡片
卡片上是全家福
全家福下面的空白处
罗俊的女儿给父亲写下
爸爸,上班脸那么黑,你累吗?
裴冬的女儿给父亲写下
爸爸,我和妈妈
最喜欢听你回家的脚步声

崔完生、原野、张静等拿出手机拍
我也在拍
拍着拍着,泪水流出眼眶
原来,我们都是女儿心上的那张卡片

呼吸

植物与水在你的呼吸中
获得生长的方向
向天空的草木长过八月的初秋
山头上挺起时光的茂盛
向东而去的河流

流经山川的低处
山坡上盛开的荞麦花
正是这个八月收获的芬芳

还有石头和云彩
还有石头上面、云彩下面的厂区
这里是延长气田采气二厂的延969
风里来雨里去的人间万物
在这里留下最浓的烟火

那是天然气
是大地的呼吸
呼吸中
山脉、江河与旷野永生

吃青豆

去魏墙煤业的车上
邻座的张静吃着青豆
青豆是豌豆
豌豆的春天聚集在张静的指尖

车过横山服务区
张静的青豆在服务区的风里
发芽,她的双手捧着春风
我说别出声,带春风到魏墙
交给魏墙的煤块
因为这些煤块适合生长诗歌

煤

你的冷却是不是一种燃烧?
触及你的名字,我就
会被灼伤。我怕一些往事被打开
我怕挖煤的父亲顶着矿灯
在午夜回来

在魏墙的矿区里,我试图找到
一块与父亲有关的五号煤
我想找到那块与父亲一样炽热的煤
我来到井下
在黑暗的深处触摸时光的一角
这一角就是父亲的光阴
他在这里好多年

他是一块五号煤
在燃烧中冷却

黑暗的餐桌
四百米之下
天空是厚厚的煤层
一盏灯挂在煤的剖面
一张餐桌盛满灯光
午夜，采煤工擦拭桌面
邀请所有的黑暗和光明
冷却和燃烧来吃饭

这里是魏墙煤业的井下
黑暗中分开时序
每一段感到饥饿的时间
都会来到这里

餐桌上落下的时光
一半是黑暗
另一半一定是光明

2019 年 8 月 30 日

海浪打不湿我的影子

8月30日的北戴河之夜
灯光里放逐的每一条街道
被大海切断,远处发亮的弱光体
并不是渔火,是被黑夜忘记带走的
点滴白昼

海边的沙滩陷入脚印
我把影子带到这里
高高立起来的电线杆上有一圈发光的灯
海浪一遍遍拍打着我重叠的影子
却怎么也打不湿我不躲不藏的影子

我把影子带走,带到街道上路灯缺失的
角落。我抚摸自己的影子
抚摸到被海浪拍打过的部位
影子说轻点
我转身看海,海浪还在拍打着
影子停留过的那片沙滩

2019年8月31日

老龙头

从大海的一个弯度开始
你举起明朝的月亮
用平铺在海面的月光夯实地基
一万块砖头和石头生根于此
海的西岸
描摹出一座一万七千公里的城堡

海水打不湿的时光
弯弯曲曲向北而去,海中有盐
在兵器和马的影子中获得提炼
月色一样的纯度里
历朝历代都曾放马南山

从这里开始,每一公里的城池风云
散不尽海鸟的朝暮
散不尽山峦起伏间的草木兴衰

2019 年 9 月 3 日

海风是夜间出门在外的大海

海岸上的灯打亮后
海水就开始消失在灯光之外
海风上岸,跨礁石过马路
人群带风,风是黑夜里看得见的灯火

风是叙述者
它把大海讲给天空
天空的星星是大海的叙述者
它把大海说给街道上闪过的车灯
车灯里听得见海浪声
海水漫过街道
街道上阵阵风过
夜色里,大海是叙述者
它所到之处
都是离开故乡的乡愁

2019 年 9 月 6 日

喂鸟

你用饥饿装饰的鸟鸣
让最初的阳光远离食物
流水从草尖和枝头分辨自己
最终以光影的方式凋谢

我起身,在适宜的光中找来柴火
用一米光点燃,热一热清凉的空气
热一热河水和山谷
我用双手接住空腹的鸟
请今早上所有讨食的鸟
来到我的院落

我给它们喂一条河流的走向
喂一片树叶的绿,喂一把柴火的
火焰
我继续喂,喂它们光的锋芒
喂它们山脉的高度
喂它们院落里徘徊的脚印

2019 年 9 月 9 日

写母亲

我向北望,北是母亲的方向
我抬头看海棠花开
那是母亲的名字写满芬芳
我叫一声母亲,雪花纷纷落下
我身披风霜,太久的时光
空荡成母亲不在的正午

我写她的芳华
她的春天迟迟不来
我写下一些发旧的时光
时光是母亲的背影
我写她的背影,苍茫就会
从远方赶到秋天
秋天里,母亲选择一个日子
告别剩余的秋天

我写下秋天里熟了的谷穗
写下的却是挂满泪光的诗句

2019 年 9 月 16 日

沉入大海的石头上写着人间的故事

海水是盐的另一种存在
它要养活水底的石头
石头旁有各种鱼游来游去

有一块石头里藏着烟火
烟火是来自人间的爱恨与聚散
海水很厚也很硬,挡住
那些看日出日落的人,那些
在潮起潮落中打鱼的人
那些,见过大海的人

2019 年 9 月 18 日

石头

我可能是石匠
用铁凿刻出你的欢乐
我刻出正午,刻出
太阳的背面
刻下你的忧愁

我请来南方的湖泊
住在你的心上
你的三月就是春风化雨
我在北方的村庄住下
在你的三月刻下山川和光明

我本来就是石匠
我在不停的镌刻中
用时间刻下你十分的孤独
和不可逆转的腐朽

2019 年 9 月 19 日

油井场

槐花正开
午后的芬芳飘进柔光
如同清晨
湿漉漉的鸟鸣也能开出槐花

山坡上适宜的花走进油井场
三面茂密地盛开着,让出一条路
路上走来穿红衣服的采油工

井场里的抽油机依次写下春秋
寒暑交织的时光之中,这些
叩拜大地的抽油机还有一个名字
它叫石油树,树在开花
那叫石油花

2019 年 9 月 22 日

致母亲

时光狭窄成孤独的样子
我的内心盛不下你的叮嘱
塞满喧哗的心里容不下一滴水的清澈
时至今日,我把你交给我的身体养得太瘦

我的体内寄生着甩不掉的病菌
它们一天天地吞噬我的骨头
对不起,母亲!
你不在的三十多年里
我没有照顾好你留给我的身体

影子饿了,需要水和粮食
有一天,假如我病了
要你给我拔罐
要你拿着安乃近哄我说糖豆豆
我想,只要一口吃下去
我的影子就会站起来奔跑

2019 年 9 月 23 日

祖国

门楣上贴上一方红
毛笔字里流过一条河
挺起的山峦是笔锋
一笔一画写下家国春秋
春天的祝福自上而下
门槛上跨过五千年风雨

你的时光越来越广阔
奔跑的马匹是白云，是月光，是泥土
泥土懂得深情
长大的草木致敬时光安好

我和我的亲人围坐在时光一隅
邀请村里的人咏唱风雨和民谣
唱到深情时，清晨放飞的白鸽
把歌声带到江河之上
民谣中有一块红色的痣
这是祖国刻下的记号

2019 年 10 月 1 日

白天的白让我看到更多的黑

黑夜就是黑夜的样子
遮掩的视觉
无法摸到自己的手指
握住名利的手掌
和握紧力量与秘密的拳头
在夜色里松开

白天的白并不多
有些云是白云,有些
大米和面粉叫白面和白米
那些五颜六色的果实和汽车
以及高楼、街道、花草等等
在白与黑之外获取赞美

有一种黑,厚如墙壁
可以给白之外的色彩取暖
比如煤和墨玉,比如毛笔字

和村里大妈织的老黑布
它们一旦落地就燃烧
一旦燃烧，火焰中的色彩
穿透墙壁，奔跑在公路上

还有一种黑背靠宽恕
目睹搁浅在海滩上的鱼
等待天亮后
亲手把鱼放归大海

2019年11月2日

捆绑

光线是透明的绳索
它捆绑黑暗。黑暗的疼
是灯盏,在路的另一头亮起

石头崩裂的缝隙是绳索
它会捆绑永恒的腐朽
让这失去呼吸的坚硬消散

屠刀下的恐惧已经被捆绑
捆住的不一定是疼
而是即将到来的死亡

2019 年 11 月 7 日

后　记
——致万物

"卑微"这个词一旦置入诗句中,诗句就会微微起伏。生命是无处不在的精灵,包括那些顽石和脚下冷热自知的黄土。

诗歌的身份并不卑微,它是万物之中无形却有力的一种存在,它的生长土壤是广博的自然界,而人则是一茬又一茬活着的诗歌。我投注于诗歌的年华三十年有余,是否虚度?这已经不是我现在所考虑的。我关心的是自己的卑微如何在诗歌中获取平等,如何让自己与诗歌所建立的关系在各种和解中保持持续的热情与创造力。

诗歌是一个没有边界的世界,人和字符以及万物都是这世界中的一物。以自我为中心的人,在万物中抬高视角打量诗性的万物。作为一种工具的字符,显然是我们表达情感和经验的有效手段。抒情或者叙事,在我们与诗歌和万物存在的必要关联当中,已经促使我们在觉醒中懂得尊重,甚至对卑微躬身。

万物有灵,诗性共通。三十多年诗歌创作经历告诉我,诗性是万物共有的那点灵光,哪怕是一块顽石,它的结构里亦隐藏着诗性。诗性应该是一种精神层面的建筑材料,构建了万物之灵,同时也构建了整个世界的精神。

没有一棵草芥是意外和多余的，如同没有一个生命是不该到来的。我以自己的作品去致敬万物，是因为我发现没有一个生命是荒诞和虚无的。生命的存在，本身就是合理出席这个世界的繁华与凋零，亲历后退场。纷纭而至，苍暮而退。每一种生命，都将会历经这个过程，完成自己的生死；哪怕是一块顽石，也有消损殆尽之时。万物之灵在于基因相承，香火繁衍，诗性辉映，大千世界就是一首诗的无限咏叹。

诗歌由此成为世间沟通的用语，这种用语在和解与平衡万物之间的关系，并与万物共同滋生于山水草木的环境之中。在诗性的世界里，能用字符去表达情感的人，或者诗人，在其中是可以广泛触及和沐浴到万物的诗性之光的。诗歌，作为万物的公共语言和多重语种的统一体，一直在用自己的光泽照亮万物的阴影。"万物负阴而抱阳，冲气以为和"的深远意义，在更广阔的环境中得以延伸，诗歌已然成为万物生长向度的一个精神高度。

当下，写诗是在自媒体环境下的一个普及化的现象，这个现象有一个盲区——庞大的诗歌写作群体沉浸于自我世界的狭隘中，视野和积累封闭于窗户之内。万物，对于很多作品而言是形同虚设的无效道具，世界这么大，却被搁置一旁。

诗歌的担当是指诗人能够在万物之中摄取到纯粹的诗性，

就像普罗米修斯从太阳神阿波罗那里盗走火种，以此来关照人的内心和冷暖，诗歌的意义就远远超过文本本身。

我在练习性写作中无数次消解过自己，把自己掏空后化为零。我习惯了在黑暗中放空自己，以冥想的力量把自己的身体分解为尘埃，慢慢接近星辰，然后用透明的尘埃迎接黎明。我知道自己是万物中的一个凡胎肉体，我的俗化、欲化等，都是诗歌精神所不能接受和容忍的，我尝试着不断地拆解和重组自己，也许有一天，我把自己拆解得七零八落，散落一地的我，也会对万物持以膜拜的姿态。

诗性汇聚的世界是美好的，任何修辞在诗歌的表达中都是有意义的探索，我的介入，何尝不是以修辞的方式附属于诗歌之光？我和所有的人一样，需要光明普照，诗歌正是这样的光明！

诗歌是万物智慧的聚集点。如此大的空间中，事物的降临和呈现，都是诗性光芒中相互依赖的存在。人的世界里所陈设的一切，都应该是和谐共处的；世界上本来就没有卑微，如果有人说出这个词，那就应该形容自己！

郝随穗
2019年10月9日于三石堂